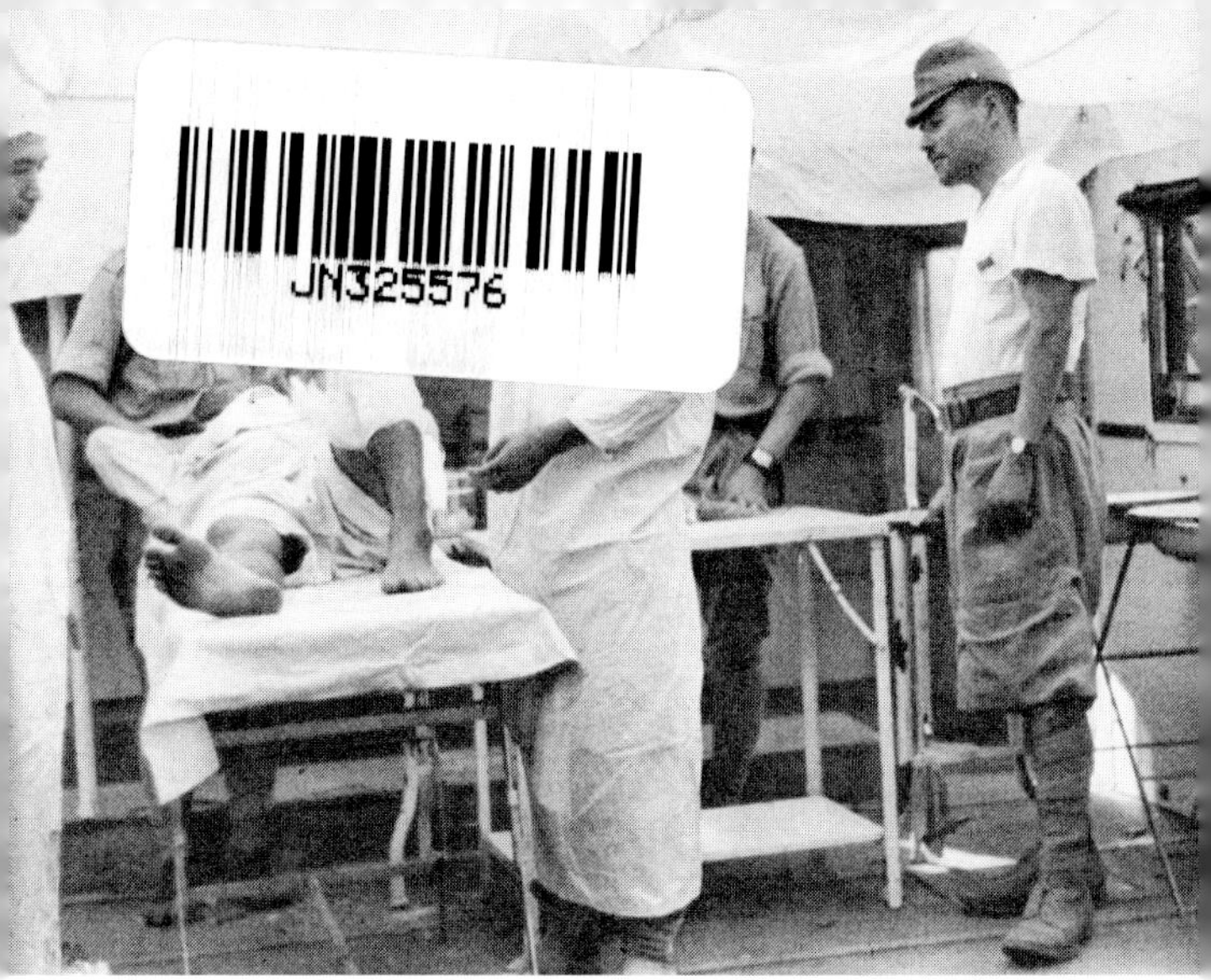

南方の戦場で活躍した日本陸軍の移動治療班。上写真は手術車の室内。下写真は手術車を二両と滅菌車を用いて作られる野外手術室。屋根組みを施されて天井に白布を張り、手術室の内部が明るくなった。急造とはいえ「走る手術室」として重宝されていた。

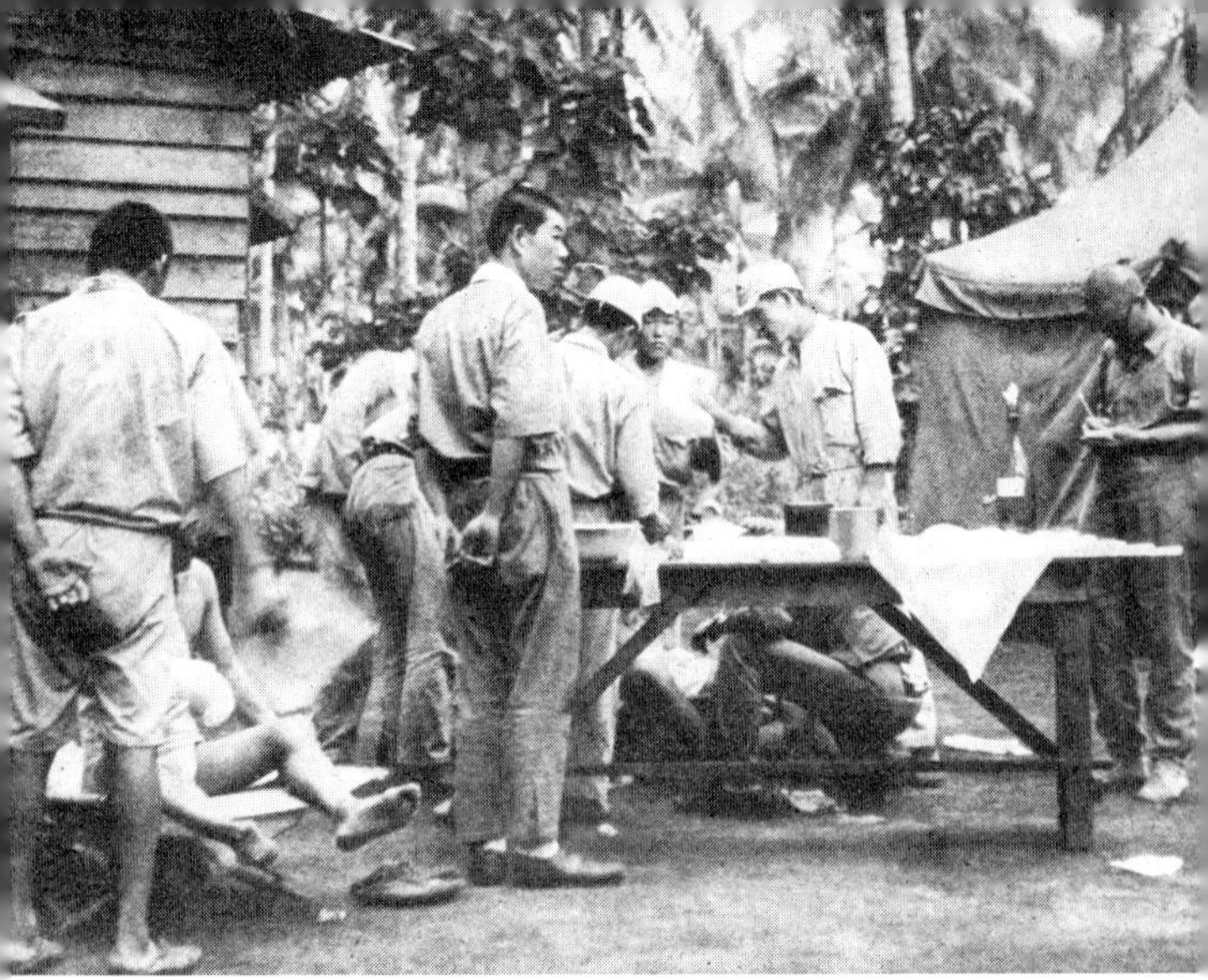

南方特有の風土病や戦傷に対処する最前線の診療所。椰子林の中に設営されたテントと急ごしらえの小屋の診療所では兵士たちの健康状態が管理された。下写真は野外レントゲン撮影装置。遠方の第一線では兵站の途切れることも多く、不自由を克服して傷痍兵士たちの治療にあたり、戦力の回復に努めていた。

NF文庫
ノンフィクション

新装版
軍医サンよもやま物語

軍医診療アラカルト

関　亮

潮書房光人社

軍医サンよもやま物語——目次

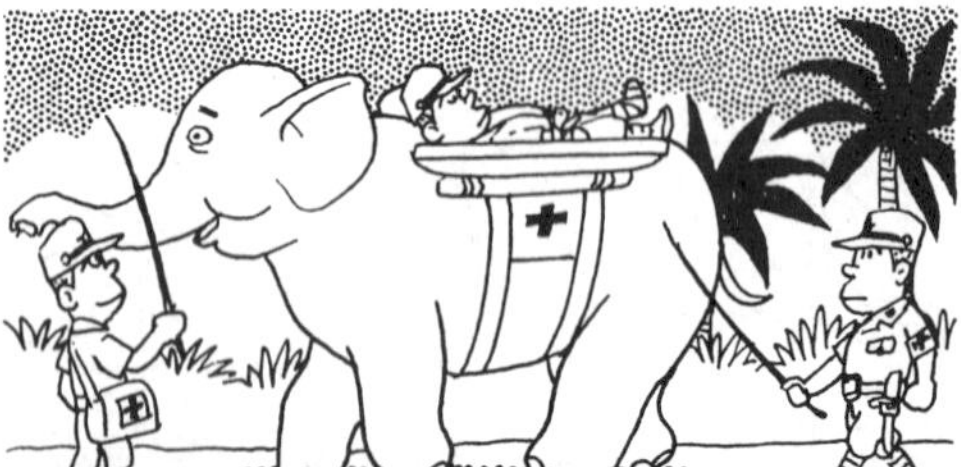

軍医サンよもやま物語

現役軍医

陸軍の現役兵科将校となるには、陸軍幼年学校か、一般の中学校から、陸軍士官学校に入学するのが、もっとも普通のコースである。ほかのコースがないでもないが、このコースが主流である。

それでは、現役の軍医将校となるコースはどうかというと、まず、普通の医学校に入学して、その在学中に依託学生（大学医学部の学生）または、依託生徒（医学専門学校の生徒）を志願する。

これに合格しても、それぞれ母校を卒業するまで、一般の学生とまったくどうように、一般の医学を勉学するが、手当てとして、依託学生には月四十円、依託生徒は三十五円支給される。

少尉の年俸が八百五十円であったから、だいたいその半分で、芸者でいえば半玉といったところで、わるくない給料である。

半玉でも、お座敷をつとめなければならないのと同様、依託生は、ほかの一般学生が夏休みで遊んでいるときに、夏季教育をうけるため、軍隊というお座敷に入隊し、三週間の訓練

をうけなければならない。

そして、これが三年間つづくのである。

だが、大学医学部は四年、医学専門学校は四ないし五年であるから、一年生のときに依託生に採用された者は、四ないし五年生のときは、もう教育をうけなくてよいことになる。

かくして、それぞれが母校の医学校を卒業すると、歩兵連隊に衛生部見習士官として入隊する。

このときは、依託生のときより給料が低くなり、二十五円となるが、衣食住がタダになるのだからしかたがない。

そして、二ヵ月間、見習士官としてすごし、待望の陸軍軍医中尉（生徒は少尉）に任官する。

そして、原隊の連隊号を襟につけたまま、陸軍軍医学校に乙種学生として派遣され、一年間、軍陣医学と軍事学の教育をうける。

軍医学校を卒業すると、原隊には帰らないで、新しく命課をもらって各部隊、官衙、学校に配属されることになる。

軍医学校には、この上に甲種学生というコースがあり、これを出ると、兵科の陸軍大学校卒業生とおなじで、上級軍医将校への道がひらけるわけである。

私たちの時代にはなかったが、むかしは、医学校を卒業するときに志願して、依託生をとおらないで、直接、見習士官となるコースがあったらしい。

また、後述の短期現役軍医を二年間やったのち、そのままだと予備役になってしまうが、現役を志願すると、軍医大尉または中尉の階級で、乙種学生となって軍医学校に入り、後輩の依託生出身者といっしょに教育をうけ、卒業後は前述の依託生出身者とまったくおなじにあつかわれるというコースもあった。

変わったコースとしては、医学校に入る前に何年も浪人すると、在学途中で徴兵延期が切れてしまい、現役兵として入隊することになる。

ここで、兵科の幹部候補生を志願する者もいたが、現役軍医となるべく依託生を志願し、在校生とおなじ試験をうけて合格すると、なんと、即日除隊となって母校に帰り、学生服にもどることになった。

不思議なことに、この兵隊から依託生を受験した者は合格率が高く、ほとんど合格したようだ。

軍医が不足していたので、医学生は兵としてつかうよりも、はやく医学校にかえして軍医にしたほうが、軍としては、有利であると判断していたものと思われる。

この依託生という制度は、明治十年、陸軍衛生部ではじめてつくられた制度で、陸軍の技術部、獣医部、法務部などもこれにならい、また、海軍もこの制度をまねた。私が通ったのは、このコースである。

衛生部幹部候補生

現役兵として軍隊に入隊して、一期の検閲を終えると、学校教練をうけたことのある有資格者は、幹部候補生を志願することができる（志願しなくてもいい）。だが、半強制的に、あるいは、知らぬ間に志願させられた人が多いとも聞いている。

有資格者は、全員、志願して幹部になってほしいというのが、軍のホンネであって、戦地では死傷率が高く、しかも補充がつきにくくて、長く帰還できない幹部には、なるべく、なりたくないというのが、一般兵隊のホンネであったろう。

しかし、衛生部の幹部候補生などは、比較的（？）人気があった。一般兵科の甲種幹部候補生が、予備士官学校に入って、たいへんきびしい教育をうけているのに、衛生部の甲種幹部候補生は、軍医学校の幹部候補生隊で、軍陣医学など、前記の乙種学生に準じて、座学を中心に専門教育をうけるのだから、肉体的に兵科よりらくなのである。

医師、歯科医師、薬剤師の免許を持っている者は、よろこんで志願したようである。ただし、軍医はおおぜい必要であるが、歯科医官や薬剤官の方は、あまり多く必要としなかったので、この方面の人は、衛生部だけでなく、兵科の幹部候補生の方にまわった者が多かったようだ。とくに、歯科医官は、昭和十五年から制度化されたので、それ以前の人は、兵科の幹部になるしかなかったのである。

また、衛生部の幹部候補生には、下士官となる乙種がなかった。軍医や歯科医、薬剤官には、下士官がないからである。だから、一般大学出身の衛生兵はたくさんいたが、彼らは、兵科の幹部候補生を志願することもできず、衛生部の幹部候補生も志願できず、兵隊として勤務するしかなかった。

彼らは、下士官候補者となって、衛生下士官にはなっていたが、まことに気の毒で、せめて、衛生部の乙種幹部候補生制度でもつくったら……と思ったものである。

さて、このコースでは二年間かかって予備役の軍医少尉に任官するのだが、下積みの苦労が身についているので、兵隊からは、たいへん人気のある軍医が多かった。

以上、現役と予備役の二つのコースが、平時の軍医制度であったが、満州事変以後、動員部隊が多くなると、とてもこの二つの制度では、必要人員を確保することが

困難となった。

そこで、つぎにのべる二つの制度をつくり、一応、すべて志願制度ではあるが、医師免許証を持った日本男子は、根こそぎ軍医とすることになった。

したがって、戦争末期には、老医と女医と身体障害をもった医師しか、民間にはのこっていなかった。

短期現役軍医

「短期現役軍医」とは、海軍が「二年現役」といってはじめた制度で、軍医のほか、技術部や経理部などにもこの制度があった。二年間、現役の兵隊をつとめるかわりに、同じ期間、各部将校として勤務するのである。元総理大臣の中曽根康弘氏も、この制度の海軍主計官だったそうである。

医学校を卒業すると、とうぜん、徴兵延期が切れて徴兵検査をうけることになるが、このときに短期現役軍医を志願すると、前記の現役軍医の場合と同様、歩兵連隊に入隊することになる。そして、現役軍医がいきなり見習士官になるのにたいして、短現のほうは、当初は軍医候補生として、軍曹の階級である。

約一ヵ月間、兵科の将校の教育をうけると、見習士官に進級し、こんどは軍医将校から、軍医としての教育を約一ヵ月間うける。

結局、二ヵ月の速成教育で軍医中尉（大学卒）か、少尉（医専卒）に任官するのであるから、ここまでは、前記の現役軍医とたいして変わりはない。

しかし、任官日が現役軍医よりもちょっとおそい。このちょっとというのがミソで、医学校で同級生だったのが、ここで、先任と後任の差ができてしまうことになっている。

海軍の方は、依託生出身者も、二年現役志願者も、まったく同様にあつかわれ、おなじ教育をして、同日付で任官していたので、陸軍とはちがって、まったく同格だったようだ。

このコースでは二年後には現役をはなれ、予備役に編入されるのだが、「どうせ、即日、召集されて、ひきつづきつかわれるのなら」とか、「二年のあいだ軍隊にいて、いくらか面白いことがあった」とかの理由で、現役を志願する者があった。

そのような場合は、軍医学校に入って、乙種学生として正規の教育をうけ、爾後、現役軍医として勤務することになった。

幹部候補生より楽《らく》で、はやく現役軍医なみに任官できるので人気があり、戦争末期の新卒の医師たちは、ほとんど、このコースをえらんで軍医となった。

軍医としての教育期間が前二者よりも短いのが難点であったが、若さでこれをカバーし、隊付軍医として、もっとも活躍したのが短現の軍医であった。

軍でもこの難点を認め、すこしでもマシな教育をするため、私より一期上の卒業生から、軍医学校で直接集合教育をすることになった。

私たちの期では、現在、国立相模原病院となっている、当時の臨時東京第三陸軍病院内に陸軍軍医学校軍医候補生隊がおかれ、そこで二ヵ月間の教育をうけ、各地の実戦部隊に見習士官として配属されていった。

海軍の連中も約三ヵ月間の教育で、戸塚海軍衛生学校を卒業して部隊に配属になったので、私たちだけが終戦時、まだ軍医学校に在学中ということで、部隊付の経験がなく、実戦談では、彼らに頭があがらないのである。

軍医予備員

戦時動員部隊がさらに多くなり、短期現役軍医でも間に合わなくなると、男で医師免許を持っている者なら、だれでもかまわないから、軍医にしなくてはたりない、という状態となった。

現在の自衛隊では、防衛医科大学校に女性も入学させているが、当時は、女医を軍医として採用しようというような発想の転換は、頭のかたい軍隊では、でるはずがなかった。

そこで、兵隊検査の結果が乙種でも丙種でも、何でもかまわない、国民皆兵であるから、補充兵役、国民兵役にある者でも、連隊区司令部に志願を申し出ると、きわめて安直に軍医になれる制度を作った。これが、軍医予備員令と称する制度で、昭和十二年に発布された。

志願者があるていど集まると、まとめて歩兵連隊と陸軍病院で、二週間、教育をおこなった。その間、衛生上等兵にはじまり、とんとん拍子に階級が上がり、教育が終わるときは、予備役衛生軍曹となって、軍医予備員になるのである。

さて、召集令状がきて入隊すると、入隊と同時に、将校勤務の衛生部見習士官となり、立派に軍医の仕事をすることになる。なにしろ、臨床の経験は前三者にくらべて抜群に長いので、その腕を買われて、病院勤務でおおいに活躍した人が多い。

もちろん、隊付軍医としても兵隊の信頼は厚く、他隊の兵隊が、自分の隊の隊付軍医では飽きたらず、そっと受診に来るようなこともあったという。

そのような場合には、診察料がわりに、現地で不自由している物品を持ってきた。これでは、軍隊のなかで開業しているのとおなじで、召集兵のおおい部隊では、このように、地方（民間）での慣習から、かかりつけ（?）の軍医さんができるという、ウソのような本当の話が生まれたようだ。予備員の軍医だから、このようになったのだろう。

このように、軍隊内でもてた予備員の軍医でも進級という点ではかなり不利で、幹部候補生と同様、軍医少尉になるのに、見習士官を約一年ぐらいしなければならなかったようである。

この優遇された、いちばんらくに軍医になれるコースにも、背を向けた者がいた。軍隊そのものがイヤである者、家族や恋人などとのしがらみで軍隊に行きたくない者、戦死したくない者、いろいろな理由はあったであろう。

しかし、当時は国民皆兵であるから、志願しなくても、一兵卒として召集がきて、入隊しなくてはならない。

戦争末期には、とくに、軍医予備員を志願しない医師をさがしだして、一兵卒として召集令状がとどけられた。これを俗に懲罰召集といって、軍隊のきらいな医師は恐れおののき、ほとんどの医師は、軍医予備員を志願することになった。懲罰召集をうけた者も、全員、軍医予備員を志願したことはいうまでもない。

依託生

たいていの学校には入学試験というものがある。好むと好まざるとにかかわらず、全員、入学させる義務教育の小、中学校などは別として、入学者の数を上まわる志願者があれば、入学試験をやってふるい落とさなければならない。

ところが、私の入学した陸軍軍医学校というところは、この入学試験というものがない。それだったら、志願者が多い場合、入学者が多くなって、パンクしてしまうと思われるかもしれないが、そこはよくしたもので、軍医学校に入るには、資格が必要なのである。

いまの自衛隊には、防衛医科大学校というのがあって、一般の高等学校卒業生が志願し、高倍率の試験に合格して入学している。この防衛医大と軍医学校をおなじように思っている人が多いが、実際は異なっている。

防衛医大のカリキュラムでは、ほんのチョッピリ自衛隊に関する教育はするが、ほとんど一般の大学医学部とおなじ教育内容で、六年の教育ののち、医師国家試験をうけ、幹部候補生学校で一般軍事教育をうけて二尉に任官する。すると、ふたたび防衛医大にもどって、初任実務実習を二年間うけることになっている。

旧陸軍の軍医学校乙種学生の教育は、この後者に相当するもので、前者に相当する教育は、当時、一般医学校でうけることになっていた。

ただし、医学校在学中に志願して依託生になるのが軍医学校への入学資格となっていた。したがって、この依託生の採用試験が、事実上の軍医学校の入学試験に相当するのである。

毎年四月に依託生の募集があって、まず、身体検査と面接試験が行なわれる。私は世田谷の東京第二陸軍病院（現在の国立小児病院）でうけたが、身体検査は、裸眼視力が〇・三で採用限度ぎりぎり、体重もすくなく、そのうえ、軽度の鼠蹊《そけい》ヘルニア（いわゆる脱腸）があって、これは将来、具合がわるければ手術をすればいいだろうといって、検査官の徳川軍医大尉は、合格の印を押してくれた。

検査官の名前は、忘れろといわれても、忘れられるものではない。運よく採用されれば、軍医学校の先輩と後輩の間柄となるのだから、こんな具合で、たいへんよい雰囲気でうけることができた。

私は、旧制中学校時代に陸軍経理学校を受験したことがあったが、そのときの軍医官の態度は、親切ではあっても、とてもこんな親身には感じられなかった。

じつは、この陸軍経理学校受験の日の朝、大豆をたくさん食べていったので、尿に蛋白が出て、再検査でもやはり陽性、血圧は正常であったが、軍医官は頸をかしげて、やや自信なさそうな態度で、「慢性腎炎」と診断し、不合格とした。

この誤診が、私でさえも、「軍医というのは、医者としては藪医者だ」とおもわせたのだが、徳川大尉のときは、神様のように見えたのだから、人間とは、勝手なものである。

しかし、もしあのとき、陸軍経理学校に合格していたとすれば、昭和十九年には卒業し、あるいは、終戦までに戦死していたかも知れない。――人間万事塞翁が馬――あのときのヤブ軍医は、私にとって、命の恩人なのかも知れない。

つぎに行なわれた面接試験の試験官は、内藤軍医少佐で、近衛師団軍医部の高級軍医だった。

この試験をうける前に、母校の依託生の先輩から、面接試験では軍人志願者らしく、大声で明瞭に答えるよう、予行演習までさせられたので、そのとおり大声で答えたら、内藤少佐

から、

「そんなに大声をださなくていいよ」と、かるくたしなめられた。考えてみると、小さな個室なのだから当然で、軍医は兵科の将校にくらべて、やはり合理性が身についていたように思われる。少佐は、

「君の身体検査は最低の合格で、徴兵検査なら、第三乙種だな」といって笑った。私もつられて笑ってしまったが、あとで考えると、すこし不謹慎だったかも知れない。

　身体検査を通った者は、学科試験をうけるのだが、われわれは、皇居北の丸にある近衛師団司令部の赤レンガの建物の中で受験した。終戦時、森赳師団長が殺された建物で、現在、国立近代美術館の工芸館となっているが、その二階であったと思う。

　科目は、数学と外国語と国語、漢文であった。このなかで記憶にのこっているのは外国語で、英語と独語が、おなじ問題用紙の表と裏に印刷されており、英・独語の和訳と、和文の英・独語訳の英語と独語がおなじ問題で、どちらを選択しても、損得なしになっていた。

　これは、英・独語両者によほど通じた人が出題しなければならないから、陸軍衛生部にはいまでも森鷗外のような語学の天才がいるのかも知れないと思ったりした。

星に蒲の穂

　学科試験がすんで、しばらくしたころ、父から、

「おまえのことを、憲兵がしらべに来たぞ」といわれた。

父は、そのころ、警察に勤めていたが、憲兵が将校生徒の身元調査にきたのである。

そこで、これは脈があるな、と思っていたところ、昭和十七年七月七日の七夕の日付で、めでたく採用通知がきた。七夕だからでなく、盧溝橋事件ではじまった日華事変が、五年前のその日であるから、その記念日を採用日にしたのかと思われる。軍籍に入った日だから、忘れられない。

採用通知とともに、陸軍省医務局発行の身分証明書と学生服の襟につけるバッジが送られてきた。

このバッジは、陸軍の星章の左に五本の蒲の穂が出て、その間が衛生部の色である深緑色に塗りつぶしてある。蒲の穂は、大国主命《おおくにぬしのみこと》の故事から、日本医学の嚆矢とされ、深緑色は、「色も情も深緑」といって、衛生部の心意気をしめす色である。

現在、われわれの期は、このバッジをネクタイピンに改造して、同期生のシルシとしている。

私たちが依託生に採用されると、先輩の依託生たちが歓迎会をしてくれた。場所は軍人会館である。いまは九段会館という名になっている。

軍人会館は、南満州鉄道から、陸軍に寄付されたものだそうである。満州鉄道の沿線を守備するため、陸軍では、関東軍司令部の下に、独立守備隊六コ大隊をおいたので、その見返りとしての寄付であった。

　さて、歓迎会であるが、いまどきの大学のクラブの新入生歓迎会とは、だいぶちがうものだった。まず、料理は、フランス料理であり、フルコースのマナーをあらかじめ先輩から指導をうけた。

「君たちは、フランス料理をはじめて味わうのであろうが、それにはマナーがある。いやしくも、帝国陸軍の将校生徒であるからには、正しいマナーを知り、そのとおりに食べなければいけない。いまからそれを教える」

「まず、乾杯であるが、ワイングラスをこのように持ち、目の高さに上げて乾杯をする」

「最初にスープがでるが、これはスプーンで手前にすくってのむ。このさい、音をたててはいけない」

「ナイフは右側、フォークは左側にならべて置いてあるが、これは外側より順にもちいる……」

　海軍は、なんでもイギリス式で、陸軍は、なんでもドイツ式と聞いていたが、陸軍でも、洋食だけはドイツ料理でなく、フランス料理だというのをはじめて知った。

　のちに私は、ヨーロッパに留学して、ドイツ料理を知ったのだが、なるほど陸軍が、洋食だけはドイツ料理を採用しなかったワケがわかった。あのジャガイモ料理は、いくら海軍にくらべて粗食の陸軍でも、いただけない代物であった。

さて、本番になると、先輩から教わったとおり、そして、忘れた個所は、先輩のを見様見真似ですませたわけだが、料理の方はうまかったのか、まずかったのか、さっぱりおぼえていない。マナーで精一杯だったのである。

ところで、この歓迎会から一月もたたないうちに、私たちは、この軍人会館から濠ひとつへだてた近衛の連隊に教育入隊することになる。しかも、私たちの中隊は、もっとも軍人会館に近い東北隅に位置し、舎後（兵舎の後ろ）の厠（便所）の後ろにある土手に登ると、軍人会館はすぐ目の下に見えた。

この土手の上では、軍歌演習や号令調声をよくやったが、なんと、軍人会館の女給仕たちが窓から顔を出し、私たちの軍歌や号令にたいして、手を振ったのである。

妹が門《かど》いや遠そきぬ筑波山
　隠れぬ程《ほと》に袖ば振りてな
日の暮《ぐれ》に碓氷の山を越ゆる日は
　夫《せ》なのが袖もさやに振らしつ

万葉集の東歌には、防人に袖（手）を振る乙女らの歌が数多く見られるが、何千年をへた現代もおなじことで、これにたいして、私たちも答えざるを得ず、やむを得ず手を振っていたのである。

ただし、あまり夢中になって手を振り、まちがって濠に落ちても、この連隊では、逃亡行為とみなされ、陸軍刑法によって、重く罰せられるとのことだった。くわばら、くわばら。

夏休み返上

七月七日付で依託生に採用されるとすぐ、七月二十五日には、東部第三部隊に、夏季教育のため入隊することになった。依託生は、一般学生が夏休みのあいだに三週間、部隊で教育をうけるようになっていた。

もっとも、この時代には、一般学生も夏休みどころではなく、勤労動員で軍需工場に行っていたから、おなじようなものであった。

私たちが入隊した東部第三部隊というのは、じつは近衛歩兵第二連隊で、皇居北の丸にあり、医務室のあった跡あたりに、現在、日本武道館が建っている。後述の石原忍軍医少将などもこの連隊の出身だから、あの医務室にいたのであろう。

なにしろ、日本陸軍で、近歩一とともに、最初に軍旗を賜った最古の連隊であり、天皇の守衛を主任務とする連隊であるから、エリート意識がきわめてつよかった。

なんでも、この連隊の連隊長をした人で、大将まで進級した人は六人もいたらしい。

私が入隊したのは、この東部第三部隊、第三中隊、第三内務班という、三の数字ばかりついたところであったが、兵隊は、当時にしてはめずらしく、現役兵ばかりで、初年兵から三年兵までそろっていた。

のちに軍医学校に入ってから、全国から集まった同期生たちに聞いたが、こんな現役兵ばかりの連隊で、夏季教育をうけたのは、どうもわれわれだけらしく、たいていは留守師団の補充隊であった。

おなじ内務班に九名入り、襟には階級章はないが、左襟に部隊号の三、右襟には士官候補生の座金のない星章をつけた軍服を着用した。

教育は、だいたい歩兵の第一期教育に準じて行なわれたが、一般の兵隊の平時の四ヵ月分を、三週間でやるのだから、かなりきつかった。それに、すこしではあるが、衛生部関係の教育がくわわっていた。

教官は、この連隊の連隊旗手で、士官学校を卒業したばかりの、五十五期の湯川少尉だった。三年後の終戦時には、第三大隊で中隊長となっていた人である。

連隊旗手を教官につけたということは、連隊でも、われわれを衛生部の士官候補生としてみとめ、優遇したからであろう。衛生部関係の教育も、連隊高級軍医の山田大尉が、みずから担当した。

三週間、外出なしの猛訓練を終え、目の前にある靖国神社の境内で解散したが、私はどうも、それから都電で家に帰り、三日三晩眠りつづけたらしい。

というのは、自分では目をさますまでのあいだ、記憶の糸がプツンと切れてしまっているのである。それでも、食事のときだけは起きて、無言でかっこんでいたらしい。

歩兵の寸づまり

私たちが教育をうけに入隊したのが、なぜ、歩兵連隊だったのかというと、歩兵が軍の主兵だったからである。歩兵とはなにか――文字どおり、歩く兵隊なのである。

電車とか自動車とかの文明の利器は、いっさいつかわない。

つかうのは人間の足だけである。この原則をかたくなにまもっているのが歩兵なのだ。

もっとも、マレー作戦では、自転車に乗って、銀輪部隊と称した歩兵があったし、戦車師団には、機動歩兵という車に乗った歩兵がいたが、これらの歩兵は例外といえよう。

だから、いまの自衛隊には歩兵はいない。歩兵科に相当するものを普通科などとよんでいるが、自動車に乗って移動するのだから、歩兵という名をつけるのを遠慮したのであろう。

そのころ、東京には、網の目のように都電が通ってい

たので、演習に行くのに都電に乗れたらどんなに楽《らく》かと、私はそればかり考えていた。やはり、本物の歩兵にはなりきれなかったのである。

ただ歩くだけならまだしも、演習に行くのにいちいち武装して行くのだから大変である。真夏に訓練をうけているのだが、背嚢には冬の外套をつけ、飯盒と、鉄帽までくくりつける。この鉄帽は、頭にかぶるだけでも重くて不快だが、背嚢の後ろにつけると、身体からはなれているので、よけい重く、身体をよほど前にかたむけないと、後ろにひっくり返ってしまいそうである。これに水筒と雑嚢を肩にかけ、ゴボー剣の帯革をしめ、小銃を持つのであるから、ひとくちに行軍といっても、楽ではない。つねに三十キロちかくを身につけているわけだ。

人間が背負って物をはこぶのに、もっともエネルギー消費量のすくない、効率のよい重量は、その人の体重の四十パーセントと衛生学では教えている。私の場合、そのころ、五十キロ弱の体重だったから、この理想的な負担量は二十キロ弱となり、三十キロもの武装は、完全なオーバーウエイトであった。

こんな状態で、毎日（いや、午前と午後で一日二回のこともあった）、代々木、戸山、駒場などの演習場に出かけるのであるから、一日たつと、身長は約五センチもちぢんでしまう。五センチなんて、針小棒大、白髪三千丈のたぐいと思われるかも知れないが、朝と晩の身長測定では、確実にこのぐらいの差が出てくるのだ。

学問的にいうと、脊椎骨三十数コの間隙がつまるのである。もちろん、夜寝ているあいだにまたのびて、朝にはもとにちかい身長にもどるのであるが、毎日このような重量を背負っていると、やはり、結果的には身長がつまってくる。

私はたった三週間、歩兵をやっただけなのに、身長は短縮し、胸囲と体重が増大したのにはおどろいた。ながいあいだ歩兵をやっていると、身長が寸づまりになり、歩兵特有の体形ができあがるのではないかと思われる。

現に私の義兄は、幼年学校から士官学校歩兵科を卒業した典型的な歩兵将校であるが、この歩兵型の体形をしている。

九九式短小銃

東部第三部隊に入隊して支給された小銃は、九九式短小銃であった。

それまで、私たちが知っていた小銃は、三八式歩兵銃で、旧制中学の教練の時間以来の顔馴染みであり、この銃のことなら、スミからスミまで熟知していたのだが、九九式短小銃となると、ちょっと勝手がちがうのである。

立て銃をして持った場合、三八式では、右手が下帯の下にくるが、九九式では、下帯の上を持つことになる。

捧げ銃をした場合、三八式では左手で負い革をつかんではいけないが、九九式では、負い革が左側についているので、負い革ごと銃をつかむことになる。

三八式より有利な点は、対空射撃などに便利なように、折りたたみ式の脚がついていることと、狙撃用眼鏡をとりつけることができるようになっていることである。

九九式というから、昭和十四年制定のはずだが、十七年夏のその時点で、この小銃が実際にわたっている部隊はきわめてすくなく、士官学校などの学校関係をのぞいては、のちに玉砕したアッツ島守備隊などの北方部隊と、内地では、近衛の連隊だけ、という話であった。

これは、銃の口径が、三八式の六・五ミリにたいして、七・七ミリと太くなったため、弾丸の補給上、方面別に振り分けたためと思われる。

また、航空部隊にも、比較的早期に九九式がわたっていたようであるが、これは、飛行機の機関銃が七・七ミリなので、互換性をもたせたためだろう。

口径は太くなったが、長さの方は歩兵の寸づまりと関係あるのかどうかわからないが、短くなった。三十年式の銃剣を装着しても、一メートル半ぐらいしかなく、私たちの身長よりも短い。

それにしても、三八式歩兵銃というのは、明治三十八年の制定以来、三十余年のながきにわたってつくられ、まったく、「ご苦労さまでした」というほかはない。

しかし、銃剣のほうは、明治三十年から昭和二十年の終戦まで、後釜がなく、三八式銃よりも、さらに十数年ながく、約半世紀にわたってもちいられたのである。しかも、小銃を持たない航空兵や衛生兵などにいたるまで、多くの兵隊の腰につるされたのだから、数のうえでは、陸軍でもっとも多くつくられ、愛された兵器といっていいであろう。

「ゴボー剣」などと蔑称でよんでは申し訳ない。銃は九九式になっても、それに装着する銃剣は変わらなかったのである。

さて、この九九式短小銃をうけとって感じたのは、なんといっても、軽くなったことである。歩兵とは、文字どおり、歩く兵隊であり、つねに小銃をかついでいるので、軽くなったことはじつにありがたい。体力のない私にとっては、このうえない喜びであった。

ちなみに、三八式歩兵銃の重量は三・九五キロあるが、九九式短小銃は三・七三キロである。二百二十グラムしかちがわないが、実感としては、〇・五キロ、いやそれ以上軽くなったように思われ、行軍もずっと楽になったように感じられた。

ただ、この新式銃の材料の鉄と木は、三八式のものよりも粗悪となっていた。撃茎尖頭という弾丸の尻をついて、薬室内の火薬を発火させる、細いボールペンの先ぐらいの部品がよく折れた。

これは銃のもっとも繊細で重要な部品なので、銃をたおしたり、粗末にあつかって折れたりすると、兵器損壊ということになり、重い罰をくらわなければならなかった。だから、九九式では、この鉄の弱いのが兵隊泣かせとなった。

また、軽くなったうえに、口径が大きくなったのだから、当然、射撃時の反動がつよくなり、したがって命中率も低くなった。いいことずくめではなかったのである。

この銃を持ち、一装用の軍服を着た古兵たちは、一コ大隊ずつ、交代で宮城の御守衛に出かけるのであるが、宮城の歩哨に立つと、天皇以外にたいしては、大将が来ようと、陸軍大臣が目の前を通ろうと、捧げ銃の敬礼をしなくてよい。ただ、休めの姿勢から、気をつけの姿勢になるだけでよいことが、「陸軍礼式令」を読むと書いてある。

また、近衛兵はこんな新式のよい銃をわたされてはいるが、射撃の機会はほとんどない。御守衛で、宮城内の歩哨に立っているとき、着剣した銃を持ち、帯革には弾丸入れをつけ、たいへんカッコイイのだが、じつは、弾丸を持っていないのである。宮城内ではまちがっても発砲してはならない。天皇にそれダマが当たってはいけないからだ。

もしも、濠を渡って、あるいは二重橋そのほかの御門を強行突破して、宮城内に入ろうとするものがあった場合は、銃剣で刺突することになっていた。

したがって、一般の歩兵部隊では、射撃と銃剣術が教育の重点課目であったが、近衛歩兵連隊では、銃剣術にウエイトがかかっていて、朝の点呼後、朝食までのあいだに行なわれる間稽古は、銃剣術にきまっていた。だから近衛では、九九式というひ弱なオモチャのような小銃でもよかったのかも知れない。

私が九九式を手にしたのは、じつに、このときだけで、その後の教育では、すべてまた三八式だった。

寝汗と練兵休

この東部第三部隊での夏季教育がおわった直後、同級生の増井君が身体の異変をうったえた。そこで臨時東京第一陸軍病院（いまの国立国際医療センター）に勤務している先輩の診断をうけたところ、結核であることがわかった。

当時、結核と診断されることは、現在の癌と診断されるのとおなじで、早期発見で、うまくすると命が助かるが、大部分は死んでしまうという、おそろしい病気である。

増井君は母一人、子一人の家庭で、死んでしまってはたまらないので、われわれもすすめて、陸軍病院に入院することにした。直接の原因が夏季教育にあるので、入院は許可され、隣りの陸軍戸山学校の敷地内につくられた臨時病棟で、療養する身となった。

私たちの学校からは都電で二つ目、歩いても一キロちょっとという近距離であったので、ときどき同級生らは見舞に通った。しかし、しだいに彼の身体はやせてゆくのである。

約一ヵ月ぐらいたったころ、彼はおかしなことを口ばしりはじめた。

先輩の軍医は、「これはいけない。陸軍の軍医将校となる夢もやぶれ、悩んだすえ、発狂したのだろう」と思い、精神病の専門病院である国府台陸軍病院に転院させた。

しかし、これは誤診であった。国府台に送られた彼はまもなく、旧友にみとられることもなく、一人でさびしく散っていった。解剖結果は、結核性脳膜炎だったのである。

彼の死について、私たちはしばしば討論した。志をおなじうして陸軍に入った級友の一人が、軍籍に入ってほんの数ヵ月で、訓練により死亡したのだから、大ショックであった。

結論として、われわれは彼のぶんまで働こう、これから立派な軍医となって、彼が助けたであろう兵隊の命を、われわれはそのぶんよけいに助ければ、彼の死もむだではなかったことになるだろう、という結論であった。

私も東部第三部隊に在隊中、つぎのようなことに遭遇している。

訓練も終わりにちかづいたころ、一泊の野営演習で多摩川方面にでかけることになった。兵営のなかで訓練をうけるよりも、野外に出て開放感にひたるだけでもうれしいもので、この演習が発表されると、みんな喜んだものである。

ところが、その前日、私一人だけが内務班長によばれた。内務班長は直接、訓練には責任がないはずである。訓練にはべつに全連隊のなかから教官、助教、助手が出ており、内務班は寝ることと、食事をするだけのところだから、内務班長とは朝夕の点呼のときだけしか顔を合わせたことはない。

「おまえは明日の野営訓練には行かなくてよろしい。班長が、夜中に内務班をまわってみると、おまえだけ寝汗をかいている。どこか悪いところはないか」

「なにも感じません」

「班長から教官につたえておくから、今回の野営には行かないほうがいいだろう」

寝汗は医学的には〝盗汗〟と書き、当時、結核の初期症状の診断材料として、重要なものであった。

衛生部員でもない兵科の一下士官が、いわば、一時預かりの部下である私たちを、深夜見まわって健康状態をみていたのには感激し、かつ驚いた。これは、この連隊の軍医の衛生教育が徹底し、下士官以下もこれを忠実に実行しているからにほかならない。

それにしても、演習を休ませるには、練兵休といって、軍医の診断によらなければならないことに、「軍隊内務書」（のちの「軍隊内務令」）ではきまっているはずである。それが軍医の診断をうけずに練兵休にしたのでは、規則違反であり、軍医の顔も立たないのではないかと思われた。

どうも、いまでもこの点に疑問があるが、この班長どの、軍医の診断で練兵休になった、と教官どのに報告して、私を休ませてしまったのではなかろうか。
数年後に、私は本当に結核を発病しているので、あのとき、練兵休にならなかったならば、増井君とおなじように、演習に出かけて発病し、病死していたかも知れない。
あの班長どのは命の恩人と、いまでも感謝しているが、名前をどうしても思い出せないのが残念である。

インキン感染

同級の増井君が入院して、生死の境をさまよっているころ、私も身体の一部に異常をきたして悪戦苦闘していた。東部第三部隊からインキンをもらってきてしまったのである。

この連隊でなくとも、軍隊でこの病気に感染し、苦労した話はしばしば聞く。

この病気は、白癬菌という細菌の感染によっておこる、非常に局所がかゆい病気であるが集団生活で、とくに共同風呂で感染することが多い。風呂好きな日本人にとって、裏目にでるわけだ。

もちろん、あがり湯として清潔な湯をたっぷりあびて、浴槽内でついた菌を洗い流してしまえばよいのだが、軍隊の浴場と入浴法を知る者にとっては、そんなことは不可能なことは自明の理である。

短時間に、なるべく多数の兵隊が、お湯の量を節約して入らねばならないといえば、どんな風であったかは、賢明な読者にはおわかりになるだろう。

かくして軍隊では、インキンが蔓延しているので、感染の機会は、おどろくほど高くなるわけである。

いまならグリセオフルビンという内服薬があり、これを内服しながら局所療法をすれば、たいして苦労しないで治るが、当時は局所療法だけしかなく、それも特効薬がなかったのだからたいへんである。

私も場所が場所だけに、付属病院にいけばよいものを、ひそかに図書館の本を見て、ひとりいろいろな治療をこころみたものである。なにしろ、まだ一年生だから、インキンの治療というような高級（？）な講義は聞いていなかったのである。

村上兵衛氏の『陸軍幼年学校よもやま物語』や、比留間弘氏の『士官学校よもやま物語』にもインキンの苦心談が出てくるから、一般の軍隊のみならず、将校生徒を養成する比較的めぐまれた環境の軍学校でも、この病気ははびこっていたと思われる。

比留間氏は、『脱線陸軍よもやま物語』で、再度、項をおこして書いているが、「かゆさは女のお産の苦しみに匹敵する」というのには同感である。そして、糠味噌や爆薬のピクリン酸まで用いたとあるのは傑作だ。

さて、それでは私はどうしたのかというと、サリチル酸、ヨーチンなどを塗ったが、飛び上がるほど痛いだけで、いっこうに効果はなかった。

ピオクタニンという紫色の薬や、マーキロクローム（俗に赤チン）という赤色の薬もあったが、どうも色のつく薬は、男の大事なものをけがすような気がして敬遠した。

木タールというのも本に書いてあったが、これもまっ黒になるので、前者とおなじ理由でやめておいた。

比留間氏の本に、ビルマの前線で、衛生兵がなんの薬もなくなって、墨でインキンの治療をしているのを見て、ビックリしたと書いてあるが、まんざらピントはずれの治療法でもないのである。

最後につかってみたのが硫黄である。この薬はくさいので、最初のうちは敬遠していたが皮膚科の教科書には、最初にこの薬が書かれていたので、やはり本命の薬であるらしい。

〽草津よいとこ　一度はおいで……

この歌にある、草津温泉の湯の花を買ってきて、毎日、湯舟に入れていればいいのであろうが、そんなことをしては他人にばれてしまう。

そこで、蓚硫膏《ていりゅうこう》という硫黄製剤の軟膏を買ってきて根気よくアソコへすり込んだ。

そのうち、しだいにかゆみがおさまって治ってしまったので、これがやはり、あの当時の最高治療薬であったのではないかと思っている。

ついでに、かゆいもので連想して思い出すのが、南京虫である。

東部第三部隊では鉄製寝台だったので、あまり記憶にないが、そのつぎの年に入った東部第六部隊では、南京虫の攻撃がすさまじかった。木製寝台の木の隙間に昼間は隠れていて、夜になると寝床の中に出てきて刺すのである。

この第六部隊では、ときどき、寝台を外に持ち出して、木の隙間に火焔を入れて、虫を焼くのであるが、ぞろぞろと気味が悪くなるくらい、たくさんの死骸が出てくるのにはおどろいた。

この虫には、さされやすい人と、さされにくい人がいた。私は、どちらかというと、後者の方で助かったが、どうも、血液の酸性の度合でも関係しているのではないだろうかと思われる。

このインキンと南京虫は、人生一度の体験なので、たいへん貴重な経験をしたものだと思っている。

屋上の軍歌演習

夏季教育が終わって秋になっても、依託生はなにもしないでいるわけではなかった。よく学校の屋上に集合がかかった。ときには、上級生から訓辞があり、ときには、体操教範にのっとった体操をやったが、もっとも多かったのは、号令調声と軍歌演習であった。号令調声では、「気をつけ」「右向け、右」「頭《かしら》、右」「半輪に右へ、進め」など、各個に一般教練用の号令のほか、担架教程にある衛生部独自の号令もあった。

野戦病院勤務であっても、敵が攻撃してきた場合には、衛生兵や負傷兵を指揮して、戦闘しなければならない状態がしばしばあるし、隊付軍医であっても、激戦で味方の全兵科将校が戦死してしまったような場合には、のこりの兵を指揮して戦わねばならない場合があり得ると聞いていたので、号令調声も遊びでやっていたのではない。

軍歌は東部第三部隊の夏季教育のさい、助教の下士官から教えられた歌が主であった。この助教は、連隊本部の書記だったが、たくさんの古い歌を教えてくれた。連隊も古けりゃ、歌までも古い。

「波蘭《ポーランド》懐古」は、明治二十六年、ベルリン公使館付武官の福島安正中佐（のち大将）が、日本に帰任の途中、シベリヤを単騎で横断したときの歌。

「安城の渡」は、日清戦争で、安城河を渡って攻撃したさい、木口小平というラッパ手が死んでも口からラッパをはなさなかったという、小学校の修身の本にあった物語の歌。

日露戦争では、なんといっても軍神「橘中佐」で、「上」が十九番、「下」が十三番まであるという長編だ。負傷した橘大隊長を背負った内田軍曹が後退の途中、さらに飛んできた敵弾でともに倒れた後を歌った「下」は、「上」と曲が異なり、うら悲しく、格調の高い歌だが、われわれはとくに愛唱していた。

以上のほか、「歩兵の歌」「血潮と交えし」「四条畷」などをよく歌ったが、いずれも古い歌である。

新しい歌では、「昭和維新の歌」もよく歌った。この歌は、五・一五事件に関係した海軍少尉三上卓の作詞・作曲で、二・二六事件の急進派青年将校が歌いついだ。そのため陸軍では、禁歌となっていたのだが、医学校の屋上で歌っても、べつにとがめる人はいなかった。

のちに軍医学校に入って、山形の憲兵隊の前をこの歌を歌って行軍したところ、憲兵隊の中から准尉さんが飛び出してきた。

「あなた方はどこの隊ですか」

「軍医学校、白石隊」

私たちは見習士官であっても、将校勤務ではないから、陸軍順位令によると、准尉の下である。しかし、ほんの一、二ヵ月たつと、確実に准尉よりも上になるので、この准尉さんの言葉はていねいであった。

そして、その場では、なにも文句をいわれなかったが、あとから通知があったらしく、ガリ版刷りの軍歌集から、この歌を削除するようにいわれた。

41　屋上の軍歌演習

古い歌は明治時代から、ずっと口伝えでつたわっているので、途中に物おぼえのわるい人や音痴の人がいたのであろうか、詞や曲に変化をきたしていたものも多かったようだ。
最近でた軍歌集やレコード、テレビで歌われるコーラスの軍歌と、私たちが東部第三部隊で教わったものがすこしちがうのだ。
たとえば詞では、私たちが教わった「歩兵の本領」と、軍歌集「雄叫」に出ている「歩兵の歌」

では、歩兵の駐屯地の数が、「七十余ヵ所」と「八十余ヵ所」になっているが、これはもっとも多い二十コ師団のとき、近衛と台湾をくわえると八十余ヵ所になるが、それ以前や大正の軍縮後は、たしかに七十余ヵ所が正しいから、時代の相違としてかたづけられる。

また、八番から十番までは、一般歩兵部隊の歌と士官候補生の百日祭の歌とでは、詞がちがってくるのは当然であろう。しかし、五番の最後は、われわれは、「騎兵砲兵任につけ」と教わったが、「雄叫」そのほかでは、「騎兵砲兵協同せよ」となっている。

曲も同様で、どうも忍術の奥伝ではないが、口伝えというのは、歴史を感じさせる部分があって面白い。

山本元帥の国葬

依託生になると、いろいろ陸海軍に関係のある儀式などに、学校の代表として、出席する機会が多くなった。

まず、新年の観兵式である。閲兵のときに、ならんだ部隊の後方で、校旗を先頭に見学するのである。

このときは、比較的よく天皇の姿を拝見することができるのだが、分列になると玉座がはるか遠くで、部隊の行進しか見えなかった。

つぎに参列したのが、昭和十八年六月五日の山本五十六連合艦隊司令長官の国葬である。

山本元帥は海軍であるが、やはりおなじ軍人同志だから、陸海軍の依託生がいっしょになり、校旗の竿頭に黒の喪章をつけて虎の門ちかくに整列した。同級の海軍依託生(海軍では海軍軍医生徒とよんだ)である五十《いお》蔵《ろい》実君は、山本元帥の甥であった。

葬列は芝の水交社から、国葬の斎場日比谷公園に向かって進んできた。行進の速度は、普通、一分間に百十四歩であるが、葬儀の場合は、七十八歩とゆっくりである。

〽命を捨てて　ますらおが
　たてしいさおは　あめつちの……

軍楽隊が奏する海軍の葬礼曲「命を捨てて」はこのときに覚えて、今でも忘れていない。元帥の遺骨は砲車に乗せられ、水兵がそれを引いていた。

「頭右《かしらみぎ》」をして見送ったが、連合艦隊司令長官が戦死するようでは、戦局は大本営の発表ほどよくないのではないか、自分たちも戦死を覚悟しなければなるまいと内心思った。

私が校旗とともに、このような葬儀に参列したのはこれが二度目で、初回は斉藤博という駐米大使のときであった。

斉藤大使は、私たちの中学の大先輩で、明治三十六年卒業と名簿にあるから、おなじときに在学した有名人では、第一高等学校の寮歌「あゝ玉杯に花うけて」を作詞した矢野勘治の四級下、おなじ「あゝ玉杯」の作曲者・楠正一や岩波書店の創始者・岩波重雄の三級下、妊娠時期の研究で「荻野氏法」を考案した荻野久作の一級下となっている。

しかし、この斉藤大使に関して伝説として私たちが聞いていたのは、抜群の英単語の暗記力で、英和辞典を一頁ずつ暗記し、完全に暗記し終わったところは破ってすて、しまいには辞書が一頁もなくなってしまったという。

このような人は、空前絶後ということで、四十年も後輩である私たちのクラスにまで語りつがれた。

斉藤大使は、語学の天才であったばかりでなく、外交官としても出色で、アメリカの高官らと肝胆相照らし、この人が生きていたら、太平洋戦争は起こらなかったであろうといわれた人物である。

その証拠に、昭和十四年二月に任地ワシントンで客死すると、遺骨は異例の待遇で、米海軍礼送艦により送られてきたのである。

二月十八日に築地の本願寺で葬儀があり、中学の後輩ということで、私たちはかちどき通りに整列し、校旗とともに、小銃を負革で逆さにつった近衛歩兵と、米海軍の儀仗兵をしたがえた遺骨をむかえた。

ちなみに、このときの礼送艦となった重巡洋艦アストリアの艦長はターナー大佐で、のち南太平洋水陸協同部隊の司令官として、ガダルカナル、ギルバート、マリアナ、硫黄島、沖縄と対日主要上陸作戦をすべて指揮した提督である。

彼がアストリアで帰る途中、こっそりサイパンやテニアンを偵察していったことが、のちの上陸作戦に生かされていたに相違ない。

当時、アメリカは義理がたい国だ、儀礼のために来たなどとありがたがっていたが、あとにとんだシッペ返しをくらうことになったものである。

もっとも、頭の切れる軍人が旅行すれば、かなり現地の事情、戦略的価値などは見抜けるわけで、わが国でも、前項にのべた福島中佐がシベリヤを横断して帰国すると、国民はその壮挙に熱狂したが、軍事的にはのちの日清、日露戦争に役立ったと思われる。

昭和十四年といえば、米国在勤の長かった山本五十六中将は、米内光政大臣の下で海軍次官をつとめ、米英との戦争回避のため力をつくしていたのである。

尖兵長

三週間でも軍隊のメシを食って学校に帰ると、学校教練では、番号のかけかた一つでもデレデレと遅く感じ、軍隊の教育をうけた者とうけない者とは、こんなにちがうものかと感じられた。

私たちのクラスには現役兵を経験した者や、師範学校を出て短期現役兵として入隊してきた者とか、実戦の経験のある歩兵軍曹や砲兵伍長、関東軍の独立守備隊のモサなどがいた。

一般に医学校というのは、こういう社会経験をへたいわば年寄りの学生が多い傾向があった。

おもしろいのは、運動会のよびものである学年対抗メドレーリレーで、それが十代、二十代、三十代、四十代の年齢層から各一名ずつ選手が出て、一チームを編成していることであった。

各学年にこのような年代に相当する学生が在籍していたのだから、いかに年寄りの学生が多かったかわかるであろう。

戦後は、このような現象がなくなって、まれに年とった学生がいると、新聞ダネになったりしている。

だから、前述のように、軍隊のメシを食った年寄りと、私たち陸軍の依託生とがいっしょになって学校教練の幹部となり、クラス全体をリードしていた。

学校教練の華は野営演習で、年に一度、陸軍の廠舎に宿泊して行なわれた。同クラスの者が、おなじ釜のメシを食う唯一のチャンスであったから、まことに有意義な行事であったといえよう。

私たちのクラスは、一年生のときは千葉県習志野、二年生のときは群馬県相馬ヶ原、三年生のときは静岡県駒門であった。私はそれぞれ分隊長、指揮班長、小隊長として参加したが思い出ぶかいのは、相馬ヶ原である。

その日、行軍演習が行なわれる予定であったが、朝になると降雨があり、行軍は中止となって、廠舎内で学科が行なわれると発表になった。

ところが、当日の中隊長予定者となっていたおなじ陸軍の依託生である広木唯康君が私のところにきて、

「雨で演習を中止するとは情けない。戦闘は雨でもあるのだから、行軍を決行しようではないか」と相談をもちかけた。血の気の多いことでは負けない私も二つ返事で同意し、二人で配属将校の加藤武宗中佐のところに行き、意見具申を行なった。

「それは元気があってよろしい。若い者はそうでなくてはいけない。行軍を決行しよう」

即決で許可になったが、老中佐にはすこし雨中行軍は気の毒だと思った。しかし、学生も外被などの用意はないのだから、ズブ濡れ覚悟である。

そこで、私は尖兵長を命じられて、五万分の一の地図一枚をわたされ、これをたよりにクラス全員の中隊を誘導することになった。

最近私は、このコースを自動車で一周したところ、全部舗装されていて快適なドライブ旅行をしたが、そのころはまったく舗装されておらず、細い道であった。

相馬ヶ原から北上し、水沢観音をへて、この間、何回か斥候を出して道をさぐらせ、どうやら間違いなく伊香保温泉に到着した。

ここで昼食をとり、温泉につかったので、気のゆるみがでたのであろう。旅館の人に聞いて、榛名山への登山口を確認するのを忘れてしまった。そして、伊香保神社から、まっすぐ上へ昇る道があったので、それを昇っていった。

地図を見ると、榛名山に登る道は九十九折《つづらおり》になっているのに、いっこうにそのけはいがない。

「しまった。これは道を間違えた」と思ったが、地図を持っているのは私一人であるから、

他人には気づかれていない。指揮官はこういうときに動揺して取り乱してはいけないと考え、地図と周囲をよく見て、現在地がどこであるかを確認した。

　すると、予定のコースより東側の道を吾妻山というのに向かって、現在、登りつつあるのだが、中腹から西へ予定のコースに向かって、一本の道があるではないか。

　天の助け、地獄で仏、しめた、これこれというわけで、だれにも気づかれないで、知らぬ顔の半兵衛をきめこんだ。

　なにも知らないで雨の中、よけいな道を歩かされた百三十名の級友こそいい面の皮である。四十数年、胸に秘めて心苦しかったが、ここにはじめて告白して、おわびするしだいである。

　この日の経験が生かされて、私はその後、地図を読む目を養い、後日、軍医学校で戦術や衛生要務の教育をうけるさい、たいへん役に立ったのである。

　このときの配属将校加藤中佐は、その後、大佐に進級し、小笠原諸島の父島にあって、独立歩兵三〇七大隊をひきいて、終戦まで奮戦されたと戦史にある。

水泳術

　むかし、武芸百般といって、武士はそのいずれにも通じていなければならなかった。それはまあ表向きのことで、そんなになんでも得意という武士ばかりいるはずがない。

　しかし、武芸十八般という言葉もあって、それぐらいは心得ていなければならなかったらしい。それらの中でいちばん重要なのは、剣術、弓術、馬術で、陸軍にもこれがうけつがれていたが、弓術だけは、射撃術に変わっていた。

　十八般のそのつぎあたりが槍術で、これは銃剣術に相当するだろう。

　つぎが水泳術で、だいたい、私の同級生で水泳部に籍のあるカッパ野郎の多くは、海軍軍医の方を志願したようであるが、陸軍でも水泳術は重要な武技の一つだった。

　陸軍のなかにも船舶兵科というのがあり、戦争末期には、輸送用の潜水艦や航空母艦まで陸軍が持っていたのであるから、水には縁がないなどとはいえなかった。日本のような島国の陸軍が外地で戦うとなると、かならず海を越えて行かなくてはならないし、川があったら渡らないというのでは戦闘もできない。そこで水泳術も主要な武術の一つに数えられ、陸軍士官学校そのほかでも、教科目のなかに入っていて訓練が行なわれていた。

　ところが、軍医学校では厖大な軍陣医学を教えなければならないので、とてもそこまでは手がまわらず、依託生の夏季教育をふくめて水泳の訓練はなかった。

ところが、私の一級上の依託生にとても水泳の好きな人がいて、昭和十八年の夏季教育の前に、水泳の自主合宿をやろうと計画した。参加は、三年生と二年生（私たち）だけである。一年生はまだ依託生の採用が発表されていないし、四年生は九月卒業の直前で、卒業試験の勉強に追われていた。

場所は千葉県の外房海岸、上総興津（現在、勝浦市）というところで、三年生が町役場に交渉して、食糧そのほかの特別配給をうけ、妙覚寺という寺に合宿できることになった。当時、陸軍の身分証明書は、水戸黄門の三つ葉葵の印籠に匹敵するぐらいに効果があったらしいのである。

上級生といっしょでは軍隊でいう古兵と新兵、どんな無理難題を命じられるかも知れず、ちょっと気がおもかった。しかし、気のいい人が多い古兵グループは、みずから炊事勤務を買って出て、

「おまえたち新兵は、薪割りをするように」とのお言葉である。

前日に翌日の分を割っておけば、古兵が朝早くから起きてメシをつくってくれるので、こちらは起床時間までゆっくりと寝ていられた。

一日の日課は、軍隊とまったくおなじで、午前と午後の二回、浜に出て水泳演習がある。準備運動は体操教範にのっとり、古兵の号令で行なわれた。

なにしろ、外海であるから波は荒い。とてもこわくて水泳ができない日もあった。そんなときは、貸ボート屋からボートを借りて、波のりをして遊んだ。

貸ボート屋に若い娘が一人いた。彼女はなんと陸軍看護婦の志願者で、新兵の野沢直道君とは、とても気が合うみたいだった。だから、ボートを借りに行くのは、彼の役目になってしまい、彼が行くとボートは無料か半額になったようだ。

合宿が終わって東京に帰るときも、彼女は駅までおくってきて、悲しそうに手を振っていた。帰京後に野沢君にだけは、手紙がきていたようである。ここでちょっと彼のために弁明しておくが、彼は女たらしではなく、色男でもなかった。

そんなことで、けっこう楽しくやっていたところ、とつぜん、四年生の一人が視察にやってくることになった。この人はやかまし屋で、威張ってばかりいるので、下級生には人気がない人だった。いやな奴だから来たらフケメシを食わせろ、などと強硬意見が出たりした。もうこのころは、一般軍隊の悪い習慣が身についていたようだ。

アゴ出し坂

二年次の教育は、赤坂桧町の東部第六部隊でおこなわれた。

この部隊は近衛歩兵第三連隊の補充隊で、前年の現役ばかりの連隊とは、内務班の雰囲気がちがっていた。

前年からこの年の間に、近衛師団は近衛第一師団と近衛第二師団に分離され、近衛第一師団は宮城の御守衛専任となり、近衛歩兵の一、二、六、七連隊で編成された。近衛第二師団はマレー、シンガポール作戦を終えたのち、スマトラに進駐した近衛歩兵の三、四、五連隊で、留守近衛第二師団司令部が、青山の旧第一師団司令部跡に入り、東京師団という通称号を名のっていた。

私たちの所轄も移管され、おなじ近衛でも、第二師団の軍医部にうつり、近歩三の補充隊に教育入隊することになったのである。

私たちの入隊した第九中隊は、土肥勲という中隊長で、この人は士官学校五十四期出身、野戦で負傷したため、右手の敬礼がぎこちなかった。

前年は九名もおなじ班に入ったが、こんどは二名ずつで、私と今村敏春君という親友が、おなじ第二内務班であった。

この今村君は、長崎県諫早出身の典型的な九州男児で、叱られようが、殴られようが、屁のカッパ。私などは、叱られないよう、殴られないように振舞うのだが、この人はまったく無頓着なのである。協同責任でいっしょに殴られたこともあるが、比較されて私の方が有利だったこともある。

私のタバコの配給は、全部、彼にわたった。私は当時、まだ未成年だったが、軍隊内では成年とみなし、配給があったのである。

のちに軍医学校に入ると、二区隊と三区隊に別れたが、配給のあった日には、かならず取り上げにきた。そのためか、彼は五十歳にもならないで、十二指腸癌で死んでしまったが、タバコを取られた私の方はまだ生きている。今村君は命の恩人であるかも知れない。

今村君は酒も強く、酔うとかならず、「仲よくしよう」と、周囲の女性を口説いた。人柄がよいので、仲よくなる女性も多く、したがって、彼女と称する女がたくさんいた。

汽車に乗って酒をのみ、目を覚ましたらちょうど車掌がきたので、どこを走っているのか聞いたら、目的地をすぎていたので、走っている汽車から飛び降りたり、諫早の水害で家族が全滅し、帰郷しようと汽車に乗ったが、死んでしまったものは仕方がないと、途中で引き返したり、この人の逸話には事欠かないが、このへんでやめておく。
第二内務班の先任兵長は、現役を近歩一でやった人で、帰郷して嫁さんをもらったら、すぐまたここに召集になったとボヤいていた。
私たち二人が前年、近歩二で教育をうけた話をすると、兄弟連隊だからたいへん喜んで、私はこの兵長の隣りで、寝台戦友にされてしまった。もっとも、初年兵の本物の寝台戦友が、私のさらに隣りに寝ていて、兵長どのの洗濯など、身のまわりのことはしてくれたので、私は二年兵なみに振舞っていた。

教官は、甲種幹部候補生の多田という見習士官で日大出身、助教は乙種幹部候補生の竹中という国学院大の出身だった。二年目であったためか、訓練はきついとは感じられなかったが、やたらに腹がへってこまったのだから、かなりしぼられてはいたのであろう。

私たちの内務班には、法務部の依託学生二名が同様に教育のため入隊していた。しかし、彼らはほとんど内務班にごろごろしているばかりで、演習には出かけなかった。数がすくないためか、教官もきまっていないらしく、一般兵の上等兵教育にいっしょになって出かけ、きつかったと話していた。

陸軍に法務部ができたのは昭和十七年四月で、それまでは法務官は武官ではなかった。だから依託生制度もホヤホヤで、まだ教育制度が確立されていなかったのではないかと思われる。

朝の間稽古は、ここではほとんど体操で、それも営外に出て、氷川神社の境内でやることが多かった。そこに行く途中に、木琴で有名な平岡養一さんの家があったのをおぼえている。

演習場は代々木、駒場、月島などで、

「今日は銀ブラをさせてやるぞ」といわれて、その気になっていると、担架をもって銀座八丁を駆け足で通りぬけだ。それも左右が将校ばかりで、「頭右」の敬礼の連続だから、たまったものではなかった。

近歩二では、九段坂や神楽坂でへばったが、この連隊は赤坂桧町の旧歩一跡、現在、防衛庁のあるところで、赤坂の名が示すとおり、あたりには坂だらけで、演習に出るとかならず坂を通り、帰りはアゴ出し坂となった。

ある日、帰営の途中、アメリカ大使館前を通り、六本木への坂を駆け上がる途中で、隣りにいた広田正与君がノビてしまった。教官が駆けつけ、民家からバケツに入れた水をもらい、彼の頭を突っこむという荒療治でなんとか正気にかえった。

こっちも体力の限界で、彼といっしょにゆっくり帰れるかと思ったら、教官から彼の銃を担いで早く隊伍に追いつけという命令だ。銃は三八式歩兵銃で重い。それを二梃かつがされただけでもたいへんなのに、衛門に入るまでに隊伍に追いつかなければならない。必死で追いついたのが衛門の直前であった。

関口班長

そのころ、東部六部隊には、部隊長（連隊長）よりも有名な人物がいた。部隊長の名前は覚えていないが、いまでも、その人の名は鮮やかに記憶している。

関口班長と呼ばれる人であるが、これは本名で、本名でないほうが有名なのだ。芸名・佐野周二という松竹大船撮影所のスターである。本名は関口正三郎といい、階級は軍曹だった。

現在、関口宏というテレビタレントがいるが、その人のお父さんである。

　この人は、現役を近歩一ですごした乙種幹部候補生で、映画界に入ったばかりで第一回の召集をうけ、中支で軍務に服していたことは新聞で知っていたが、第二回目の召集でこの部隊にいたことは知らなかった。たしか、連隊本部勤務の下士官であった。

　そのことを私たちに教えたのは、助教の伍長で、この人は国学院大学出身の乙種幹部候補生であるが、軍隊に入る前は、PCLという世田谷の方にある映画会社のシナリオライターだったので、おなじ映画関係者ということで、とくに関心が深かったのではないだろうか。

「今日は、佐野周二を見せてやる」ということで、私たちの属した第九中隊の隣りの第十中隊と、その先の第十一中隊の兵舎の間で待っていた。ちょうど、関口班長が入浴にくる時間を見はからって、そのへんをうろついていたわけである。

　やがて関口班長は、おなじ下士官仲間といっしょに浴場に向かってやってきた。

「敬礼」

私たちは、いっせいにさけんで敬礼し、注目した。答礼を返した軍曹の顔を見て、恋人に会ったときみたいに、スターはスターであった。

軍隊のなかでも、私たちは満足した。

しかも、私たちが前年度入隊した近歩二とおなじところにあった兄弟連隊の近歩一の出身だったので、いっそう親近感をおぼえた。

近歩一と近歩二は兵舎が口字形に建っており、その半分ずつを分けてつかっていたから、まったくの兄弟で、軍旗もおなじ日に下賜されていた。

やはり近衛兵は、全国からえらばれた家庭環境や本人の素行がよいうえに、二枚目であることが条件であることを再認識した。

なんといっても、天皇と始終顔を合わすのに、みにくい顔であってはならないのである。すくなくとも映画俳優になれるくらいの顔でなくてはならない。

私たちは、兵隊さんのように顔でえらばれたのではないから、その点だけは自信がなかった。

なお関口班長は、その後に三度目の召集をうけ、調布飛行場ちかくの柴崎の航空無線隊に勤務し、曹長で終戦をむかえたそうであるが、立派な近衛出身の下士官だった。

学徒出陣

徴兵検査をうけるのは満二十歳に達した男子であるが、学校に在学している者は、満二十六歳まで徴集を延期されることになっていた。

ところが、昭和十八年九月になると、文科系学生の徴兵延期が停止となり、文部省主催の出陣学徒壮行会が十月二十一日、明治神宮外苑の陸上競技場で行なわれることになった。

そこは現在の国立競技場で、東京オリンピックのメインスタジアムになったところだが、私の学校はきわめて貧乏で、運動場がせまく、六百名しか学生がいないのに、運動会や体力章検定には、比較的ちかくにあるこの大競技場を、よく借用していた。

体力章検定というのは、走（百メートルと二千メートル）、跳（走幅跳び）、投（手榴弾投げ）、運搬（土嚢五十メートル）、懸垂（屈臂）の各種目をおこない、一定の標準以上の者に上級、中級、初級の三段階の認定証とバッジをあたえるというもので、文部省が中学以上の学徒にたいして、軍事体育奨励の目的でおこなっていたものである。

その標準は表のとおりで、たとえば、上級をとるには、全種目が上級に入っていなければならないので、上級をとる者は、学校全体で数名しかいなかった。

私は陸上競技部員だったので、この運動会や体力章検定会には役員もかねて毎回出場し、また、関東学生陸上競技大会などに出場する先輩の応援にいったり、たいへんなつかしい場所であった。

出陣学徒壮行会の日は小雨がふり、グラウンドでは七十七校の出陣学徒が、執銃帯剣姿で整列し、校旗を先頭に観兵式とおなじように分列行進をおこなった。そして、東條総理大臣兼陸軍大臣と岡部文部大臣が訓示し、激励した。

私たちはスタンド席で、やはり校旗を持って、これを見送っていたのであるが、このスタンド席の方は九十六校と多いが、男の学徒は理工医科系のみできわめて少数、大部分は女性の学徒だった。

女子の学校も校旗を持って参加したが、一校あたりの出席者も多かったように思う。とにかく、スタンド席では、この日の男たちは肩身のせまい思いであった。

しかし、われわれも間もなく卒業して出陣する身である。戦場でこの人たちにふたたびまみえ、ともに戦おう。

われわれは衛生部員であるから、「君たちが負傷したら、手当をして助けてやるぞ」というような感懐をいだいていたように思う。

この壮行会のあと、十二月一日にかれらは入隊したのであるが、私は連日、新宿駅前で、

「万歳、万歳」

におくられて征くかれらを見おくった。

種目	上級	中級	初級
百メートル	十四秒	十五秒	十六秒
二千メートル	七分半	八分	九分
走幅跳び	四・八メートル	四・五メートル	四メートル
手榴弾投げ	四十五メートル	四十メートル	三十五メートル
運搬	六十キロ 十五秒	五十キロ 十五秒	四十キロ 十五秒
懸垂	十二回	九回	五回

乗馬は必須

三年次の夏季教育は乗馬訓練が主となるので、馬のいる特科隊とよばれる部隊で行なわれるのがつねであった。

私たちの三年次は昭和十九年だったが、そのころになると、戦況は我に不利となり、各部隊は新部隊の編成や補充業務に多忙のため、とてもわれわれの乗馬訓練どころではなくなっていた。

ちなみに、昭和十九年に新設された師団は全国で三十一コ師団にのぼり、東京師団（留守近衛第二師団）では近衛第三師団（千葉）と百九師団（小笠原）が編成されている。しかも、この三十一コ師団のうち、半分の十六コ師団は七月に編成されているのだから、とても夏季教育どころではなかったのである。

「三年次の夏季教育が中止になるらしい」と聞いたとき、喜んだのは私たちであったが、反対に心配したのは先輩たちだった。

たとえば、軍の主兵である歩兵部隊では、中隊長以下の兵科の将校は、兵隊さんとおなじように歩かなければならない。大隊長になってはじめて馬に乗れる。

ところが、野戦では軍医はつねに馬に乗って、大隊長について行動しなくてはならない。だから、軍医は少尉のころから、いや、将校勤務の見習士官から、馬に乗ると思わなくてはならない。乗馬術は軍医にとって必須課目だったのである。

そこで、われわれの気持も知らないで、先輩たちは師団の軍医部に掛け合って、「師団命令で、どこか隷下の部隊で毎週日曜日、乗馬訓練ができるよう、とりはからってもらいたい」と申し出たのだ。

師団では多忙の最中ではあったが、自主的に申し出てくるのは感心というわけで、さっそく、近衛輜重兵連隊補充隊（東部十七部隊）を割り当ててきた。

東京の馬関係の部隊は、牛込戸山町にある近衛騎兵連隊をのぞいては、目黒の駒場に近衛輜重兵と輜重兵第一連隊、騎兵第一連隊が隣接して位置し、その先に獣医学校があった。

一方、世田谷の駒沢には近衛野砲兵と野砲兵第一連隊、野戦重砲兵第八連隊があった。獣医学校の先には東京第二陸軍病院まであって、これらは東京西部に一団となり、直径二キロの円の内に全部がふくまれているかたちであった。

私の家は、この円の東南方で、ちょうどこの円に接したぐらいの位置の上目黒にあったので、子供のころから、これらの連隊の軍旗祭や記念祭のときに隊内を見て知っており、親しみがあった。

東部第十七部隊では、多忙であり、しかも日曜日で休日であるのに、きわめてていねいに教育していただいた。輜重隊だから、乗馬ではなく輓馬であったが、比較的よい馬を割り当ててくれたのか、ここでの訓練はたいへん楽しかった。

そして、乗馬後の馬の手入れなどは、ここではあまりやったおぼえがない。それでも、馬という動物に馴れるのにはたいへん効果があり、のちに鉄道連隊で乗馬を習うときには、多少の余裕が感じられたほどである。だが、やっぱり馬に乗せてもらっているという域を脱したとは思われない。

昭和のはじめごろの話だが、陸軍で衛生隊演習というのがあった。この衛生隊というのは後述するように、平時の編成にはなくて、戦時のみ編成されるのだが、それだけに演習は平時でもやっておかなくてはいけない。そこで定員だけの人数を集めるため、演習召集も行なわれた。

一方、陸軍病院などにいる佐官クラスのオエラがたは、演習審判官になって、臨時に出動と相成るのであるが、これが全部、乗馬ときまっている。

むかしの軍医学校は一年の教育期間があったので、馬術の時間もあり、現役の衛生部将校はみな、一応は馬に乗れたはずである。

某薬剤少佐は軍医学校を卒業した後、軍医とは勤務が異なり、一度も乗馬の機会がなく、陸軍病院で薬剤の仕事ばかりしていた。

あるとき、鐙《あぶみ》に足をかけた少佐どの、当番兵が「エイ」とばかりに気合いをかけて尻を持ち上げ、馬にまたがったが、その瞬間、さけんだ言葉が傑作である。

「この馬には首がない」

少佐どのが鐙をかけた足は、右足だったのである。

こんなことにならないよう、先輩たちは私たちに乗馬訓練を強要したものと思われる。それも終戦で無駄骨となってしまったが、馬という動物を知っただけでも、人生にプラスになったと、いまは感謝している。

私たちが東部第十七部隊にかよって乗馬訓練をうけていたころ、そこから一キロとはなれていない陸軍獣医学校の病馬厩舎には、昭和七年のロサンゼルス・オリンピックの最終日に行なわれた馬術大障害飛越競技で優勝した、西竹一中尉の名馬ウラヌスが余生をおくっていた。

バロン西が硫黄島で、戦車第二十六連隊長として戦死した模様を書いた本を読み、このことを知ったが、感慨ひとしおである。

防諜

軍には、秘密事項がやたらと多い。最近、自衛隊でもときどきこれを漏洩して免官になっている人がいるが、日本は島国なので、外国人のスパイは密入国しにくく、防諜観念の必要性をあまり感じている日本人はいないのではないだろうかと思われる。それだけに、こんなにスパイのやりやすい国はすくないのではないだろうか。

私たちが依託生になってからは、「軍医団雑誌」というのが、陸軍省医務局から、師団軍医部を通じて配布された。この本は、陸軍軍医の医学研究と親睦をかねた雑誌で、当時、一般医学校では教育していない熱帯病（マラリア、デング熱、熱帯潰瘍など）の記載があり、私たちにとっても、たいへん有益なものだった。

海軍の方にも同様な「海軍軍医会雑誌」というのがあった。これらの本には学術的な記事のほか、軍医の人事関係の記事などもあり、戦時に発行されたものは「部外秘」の取り扱いになっていた。

「部外秘」というのは、程度こそ低いが、一応、秘密文書である。敵国のスパイが、われわれのようなペイペイの軍人に近づくはずもないので、とくに注意することはなかったが、「部外秘」の本は、のちの東京大空襲で、米軍がきれいに灰にしてくれたので、私は軍の秘密を一つも漏洩したことはないと、胸を張っていえるのである。

私の三年先輩に、佐々木元良という三重県出身のたいへんな秀才がいた。おなじ関西の出身で、私と同級の上山恒則君が、この先輩と親しくしていた。

昭和十八年のある日、上山君から声がかかった。

「今日、佐々木先輩が軍医学校を卒業して、明日、任地に出発するのだが、最後だから遊びに来いといっている。いっしょに行かないか」

これはなにか有益な話が聞けるに相違ないと思い、私は簡単に同意して出かけた。

佐々木軍医少尉どのの下宿は、軍医学校前の若松町にあり、われわれの学校からは、名前どおりの抜弁天という社を抜けて、わずか一キロたらずである。

佐々木先輩は、われわれが行くと喜んで、すぐ軍服に着替え、外出のしたくをした。行き先は、下宿からこれまた一キロたらずの牛込柳町のカフェーだった。

カフェーには、おなじ軍医学校の乙種学生をその日に卒業したばかりの軍医中尉や少尉が十数名もいた。これではまるで軍医学校の私設将校集会所である。

「この二人はオレの後輩で、ともに陸軍の依託生だ。よろしく」

「どうぞよろしく」

それから店の女給（いまでいうホステス）たちに、

「あと数年たつと、この二人も乙種学生になって来るから、よろしくたのむ。しかと申し送っておくぞ」

「まあ、たのもしい人たちだこと。どうぞこちら

へ」

　こんな具合で、一緒になってビールを飲みだした。しかし、二人ともこういうところは生まれてはじめてであり、あたりは軍医学校の先輩ばかりだから、コチコチになっていた。

　そのうちに一人の女給が、

「佐々木少尉どのの任地はどこ？」

　なれなれしい言葉で聞く。どうも佐々木先輩に気がある一人らしい。佐々木先輩は童顔で秀才のくせにそれらしい顔をしていない。このへんが女にもてる原因らしい。

「うん、オレはビルマだ。北ビルマの最前線だから、生きては帰れんだろう」

「まあ、それはたいへん。今夜は最後だから、うんとサービスしちゃう」

「じゃあ、〇〇少尉さんはどこ？」

「うん、あいつはたしか北満だ」

「××中尉どのは？」

「あれは中支だ」

　卒業して、明日はいずこの空じゃやらであるから、この夜の話題は、もっぱら、任地のことでもちきりだった。

　私たち二人は、それを聞いて飲んでいたが、

「ハテな、防諜上これでいいのだろうか。現役の軍医のばらまかれ方を知れば、日本軍の配置状態がわかってしまうではないか。また赴任の途中で、敵潜水艦に待ち伏せされて、ボカ

沈をくらったらどうする。つい目と鼻の先には、牛込憲兵分隊もあるというのに、この先輩たちは、こんなに任地をバラして、大丈夫だろうか」と、心の中でハラハラした。

しかし、まさか、「任地をいうのはおやめなさい」と声をだしていうこともできず、「エイ、ままよ」とばかり飲んで、理性の方を麻痺させるしかなかった。

軍医たちの防諜意識は、残念ながら、このように、きわめて低かった。

ちなみに、ここのカフェーの女給さんには、敵と通じたスパイはいなかったとみえ、佐々木先輩は、ぶじにビルマに着任。大活躍のうえ生還している。このクラスは、もっとも戦死者を多く出したクラスであるのに……。

そして、私たちが軍医学校に入ったころには、戦局はもうカフェーどころではなく、佐々木先輩の紹介もむなしく、あの女給さんたちとふたたび顔を合わせることはなかった。

看護婦の気合い

昭和十九年も終わりにちかい十一月になってから、夏にやれなかったかわりに、千葉陸軍病院教育隊に入隊して、一ヵ月間、三年次の教育をうけるようにと命令が下った。

三年次の教育は前述のように、乗馬訓練が主体であるのに、陸軍病院とは何事だろうと思ったが、あとになってみると、それが軍医学校の乙種学生でおこなう病院実習を繰り上げておこない、かつ三年次の乗馬訓練も病院にいるうちに教育するためであった。

前述の乗馬訓練は、私たちの学校の依託生だけが自主的に行なっただけで、全国的に三年次の依託生には行なっていない。そこで乗馬訓練に便利な陸軍病院に割り当てて、この必須課目を履修させたのである。

千葉陸軍病院は、すぐ裏が鉄道第一連隊補充隊で、患者を搬入するためか、両者のあいだに通用門があって、これを通って乗馬訓練に通ったものだ。正門をまわらなくてもよいので便利だった。ただし、裏口入隊であったので、鉄道連隊の防諜部隊名の看板は見たことがなく、したがって、記憶にない。

乗馬教育は、この連隊付の調教師によって行なわれた。調教師というのは軍属であるが、騎兵連隊の下士官あがりが多いということで、馬に関してはベテランで、教育はきわめてきびしかった。

馬の手入れもさせられ、こちらの膝の上に、馬の膝を一本一本のせて、蹄の裏を洗うのであるから、馬との親近感はまし、馬もよくなついてくれた。

千葉陸軍病院に入隊して、一番不満に思ったのは服装だった。メシもまずかったが、それよりも服装でアタマにきた。前二回、近衛歩兵連隊に入ったときは階級章こそなかったが、襟には士官候補生の星章と連隊号をつけていた。病院では連隊号はないが、せめて星章をつけていないと、軍人の身分さえはっきりしない。それなのに、病院には士官候補生の星章のストックはないとばかり、なにもつけてくれなかった。

被服廠に請求すれば、なんとかなったと思うが、結局、病院の庶務科にそれだけの誠意がなかったのであろう。たった星一つというなかれ。

この病院には、千葉医科大学と同付属医専の依託生といっしょに入隊したが、病院長をはじめ、召集の軍医のほとんどが千葉医大の出身者であった。のちに千葉大学教授となり、医学部長にもなったような方が、召集の軍医中尉で、病理検査主任をされていたのであるから教育も充実していた。

この陸軍病院は、気の荒いことで有名だったが、それは、この病院の入院患者のほとんどが、隣りの鉄道連隊から入院しており、鉄道連隊の気の荒さが伝染しているためといわれていた。

その鉄道連隊では朝の点呼がすむと、古兵は理由なく、日課として新兵のビンタをとるのだそうである。

理由なくといったが、じつはこれには理由があり、それは事故予防のためという大義名分なのだ。朝ビンタをとっておかないと、緊張がゆるんで、その日の作業で事故をおこし、ケガをするから、殴る方も手が痛くて殴りたくないのだが、新兵がケガをしてはかわいそうなので、やむなく殴っているのだそうだ。

なるほど、理由というものは、どんなふうにでもこじつけられるものだと思ったが、事実、レールを足に落として入院する兵隊がいたので、まんざらこじつけた理由でもなかったようだ。

ちなみに、鉄道連隊のレールの敷き方は、一本ずつ持ってきて敷く一般鉄道のやり方と異なり、敵前でなるべく迅速に敷かなければいけないのだから、あらかじめレール二本と枕木を連結しておき、それを大勢でかついでいって敷くのである。

これを下におろすときに、まごまごしていると、足をつぶしてしまうわけである。

こんなわけで、病院の衛生兵や看護婦までも、気が荒くなったのであろう。小笠原で負傷した兵科の見習士官が、将校病室に入院していたが、包帯交換のたびに、ヒイヒイと悲鳴をあげる。それを看護婦が、

「将校のくせに泣くとは何事ですか」と気合いを入れているのを見たことがある。なんともすさまじい病院だった。

この病院の衛生上等兵から教わり、その後、活用したのが、縫針による眠気ざまし法である。

衛生兵はその教育期間中、ほかの特業兵教育とことなり、座学が多い。したがって、暑いときにはどうしても居眠りが出てしまう。これを予防するには、支給されている縫針で、太股のあたりをつつきながら、講義を聞いたというのである。

衛生兵たちもこのような覚悟で勉強したのだから、軍医となるわれわれもというわけで、

軍医学校時代、ひそかに私もこの方法を活用したものである。

鳩目の数

千葉陸軍病院長の深沢中佐は甲州の生まれで、コチコチの、口うるさい、ハリキリ屋の典型的な現役軍医将校であった。のちに千葉市が空襲されたときには、自宅が焼けているのを顧みず、陸軍病院をまもったという、立派な軍人であった。

この病院長の下に、現役の少佐が三人ぐらいいた。軍医少佐といえば、野戦病院長や師団軍医部の高級軍医クラスの人である。隊付では皇族でも在隊しないかぎり、高級軍医は大尉どまりであるから、普通の連隊には軍医少佐などという高級軍人は一人もいない。その少佐が、この病院ではゴロゴロしているのだから驚きである。

もっとも、この当時、医専出身が少尉一年、中尉二年、大尉三年の六年で、少佐に進級した。大学出身者だと、中尉から五年で少佐である。だから現役の軍医では、少佐クラスがだぶついていたのだろう。

「強将の下に弱卒なし」と、中国の蘇軾という人が言ったそうだが、強将の病院長の下の教育科長で、教育隊長でもある某少佐は、まもなく現役軍医になろうという私たちの面前で、「オレはまちがって軍医になった」などと話す、さっぱり士気のあがらない男であった。

昼食は将校団の会食であるから、病院長を上座に、少佐以下、大尉、中尉、少尉、見習士官となならび、いちばん下座に依託生が士官候補生の待遇で列席した。そして、毎日、二名ずつの依託生が、病院長の直前に座らされて、いろいろと試問されるのである。

ある日のこと、病院長はつぎの試問をした。

「衛生兵の持っている包帯嚢の帯革の鳩目の数は、いくつあるか。包帯嚢は員数である（消耗品ではないという意味）から、兵隊が勝手に鳩目の数をふやしてはいけない。だから、軍医たる者は、鳩目の数を知っていなければならないのだ。どうだ」

現役の少佐連中はだれも知らない。まして、召集の尉官や見習士官の軍医など、知っているはずがない。最後に末席の依託生のところまできてしまった。

私はよほど手をあげようと思ったのであるが、記憶している「十三」という数字が、負革であったか、帯革の方であったか、はっきりしないので躊躇した。

なぜ、私がこんなつまらない数字をおぼえていたかというと、この日の前日、結核病棟で実習しているとき、その事務室に「衛生兵教程」という青本がおいてあった。

青本というのは、衛生部関係の兵書はみんな表紙が衛生部の色である深緑色をしている。緑色を青信号とよぶように、日本語では古来より、緑を「アオ」とよぶことがあり、青本もそのたぐいであった。

「衛生兵教程」は衛生兵の教科書で、衛生下士官の教科書には普通、「衛生下士官教程」（本当の名称は、「衛生下士官候補者教程草案」という、おそろしく長い名前であった）とよばれるものがあった。

この青本の「衛生兵教程」を私はなにげなくパラパラとめくり、「ヘエー、衛生兵にはこんなことを教えるのか」と見ていたが、偶然に開いたところが、包帯嚢の個所で、たしかに鳩目の数が書いてあり、「十三」という数字を記憶していたのである。

病院長は、とうとうだれも答える者がいないので、得意然と、

「負革は○○で、帯革は××」と教えた。やっぱり、どちらかが「十三」であったが、だれも本気でおぼえようとする気はなかった。私も、もう一つの方の数字はおぼえていないのである。

衛生兵の着た軍服

軍隊というところは、幽霊話が多いところである。どこの部隊でも、たいていこの種の話があって、古兵から新兵へと、語りつがれていたようだ。

「むかし、この部隊に、○○二等兵という初年兵がいて、新兵教育があまりにも辛いので、ある夜、脱走をはかり、脱走が不可能なのを知り、裏門のそばの松の木の枝に首をくくって自殺した。だから、いまでもあの付近を夜通ると、彼の悲鳴が聞こえるんだ」といったたぐいのものである。

どうもこの幽霊話は、ヒマをもてあましている古兵が、新兵をからかってやろうとつくったものらしい。自殺したところまでは事実であろうが、そのあとの幽霊が出たり、声が聞こえるというのは、明らかにつくり話である。

このような話は、どこの部隊にもあるが、なかには戦闘で全滅した部隊が、全員でお見えになったという団体さんの幽霊話もあったようだ。

この場合、遠い戦地から来るのであるから、旅費がたいへんだったろうし、団体割引があったのであろうか。

私たちが入隊した千葉陸軍病院でも、幽霊がでるという話があった。陸軍病院だから、多数の入院患者がいて、なかには、死亡した患者もいたと思うのだが、どういうわけか、死亡患者の幽霊ではなくて、衛生兵の方だった。

記憶によると、千葉陸軍病院には、浴場が二つあって、炊事場に近い方の浴場は下士官兵専用、もう一つ将校用のが病棟の裏にあった。われわれは兵用のにも入ったが、将校生徒であるというので、生井沢という衛生少尉（衛生兵から昇進した将校）が、とくに将校用のに入れてくれた。

将校は営外居住であるから、退庁時間がくると、さっさと帰ってしまい、週番士官一名と見習士官しかのこらないから、将校浴場はいつもがらがらにすいていた。この将校浴場の前に、防火用水のプールがあったのだが、このプールが問題の幽霊のでるところなのであった。

紋蔵池とよばれたこのプールは、衛生兵であったなんとか紋蔵という人が、原因不明で溺死した場所で、幽霊となって出て池に引っ張り込むから、将校浴場の往復には気をつけろというのが、われわれの班付の衛生上等兵（二年兵）の話だった。

どうも私たちが将校浴場に行くのをうらやんで、そんな話をするのではないかと思われるふしもあったのだが、私がこの病院であたえられた軍服をぬいでみると、その一つに、なんと、幽霊の紋蔵さんの名前が書かれていたので驚いた。

軍服など、軍隊の衣料品の裏には、新品のときから黒いハンコがペタンと押してあり、製造年と製造所がわかるようになっており、つぎに使用者の氏名を書く長方形の欄が四つばかりならんでいる。

最初の欄に氏名が書かれたころは一装用であって、観兵式のときとか、近衛歩兵であれば、宮城の御守衛に入るときに用いるのであるが、だんだん古くなり、三装用の乙ぐらいになると、東部第

三部隊のような古い連隊では、大正年間製造のものであったと記憶している。

そのような古い服では、あちこちに継ぎが当たっていて、四つの名前の注記欄も満員となって、その左に欄をたして書いてあるのもあり、それでもたりず、二段になっているのもあった。

千葉陸軍病院はそんなに古い部隊ではないから、二段になっているものは見なかったが、四つが満員になっているものが多かった。

私はワクをたして書いたのだが、その一つ前に紋蔵さんの名前があった。したがって、この兵隊さんは、あまり古い人ではなく、私たちが入隊するすこし前ぐらいに在隊していた人らしい。非常に几帳面な人であったと、われわれに幽霊話をした上等兵も、面識があったような話ぶりだった。

それにしても、幽霊の召された軍服を私は着ていたわけで、光栄というか、名誉というか、たいへんありがたい（?）気持だったことを覚えている。

さすがに、万事科学を旨とする軍医学校では、このような幽霊話は聞かなかった。

演習千病作命

軍隊でよく行なわれた訓練に、非常呼集がある。文字どおり、非常の場合に対処する訓練である。

非常というのは、昼夜に関係なく起こるものであるから、昼間に訓練をやってくれたら、なんということはないのだが、昼間は予定された仕事があるため、たいてい、これが夜間に行なわれるので、迷惑千万な話となる。

私の軍隊生活のなかで、非常呼集の訓練をうけたのは、なんと千葉陸軍病院だけであり、ここでは数回、この訓練をうけている。

非常呼集をかけるのは週番士官であるが、軍医将校が週番士官のときにやることはなかった。衛生兵あがりの某衛生准尉さんが週番につくとあぶない。警戒警報発令である。

この訓練は、へたにやると睡眠不足となり、昼間の勤務のさいに事故でも起こしたりすると、発令者の週番士官の責任にもなりかねない。准尉ともなれば、そのへんのことは承知しているから、かならず、夜明けの起床時間前に非常呼集をかける。

一般の部隊だと、完全軍装とか、あるていどの武装をして、指定された場所に集合するのだが、病院の衛生兵では、武装しようにも、教育隊にはたいした武器などあるはずがない。徒手帯剣という、腰にゴボー剣（銃剣）をつけたぐらいが関の山である。

それでも、真っ暗闇のなかで軍服を着て、軍靴をはき、巻脚絆をまいて、帯剣をつけるのであるから、油断をしていると、一番ビリにかけつけることになり、恥しい思いをする。

ところが、この非常呼集のあるときには、不思議なことに、かならず予告があった。もちろん、この予告は公式なものではないが、そっと耳打ちされた。

すると、左右の軍靴のなかに巻脚絆を一つずつ入れて、寝る前に、そっと寝台の下にかくしておくのである。これならば、それだけはやく軍装ができあがるわけだ。

どうして非常呼集が事前にわかるのか、いま考えてみると、どうも週番士官が週番下士官あたりに、「明早朝に非常呼集をかけるから」と、準備を命ずるのではないかと思う。すると、これが週番上等兵につたわり、教育隊全部の兵にそっとつたわるという寸法である。兵隊仲間同志の情報は、このように筒ぬけになることを、私たちは何回かの入隊経験から知っている。

さて、集合すると、週番士官から口頭で、演習の作戦命令がくだされる。

「演習千病作命。敵は約二コ師団の兵力をもって、今朝二時、房総半島南部に上陸し、首都にむけ前進中である。千葉陸軍病院教育隊は、これを邀撃する命をうけ、ただいまより出発する。

編成は第一、第二内務班をもって第一小隊。第三、第四内務班をもって第二小隊。第五、第六内務班をもって第三小隊とする。

第一小隊長、○○衛生軍曹。第二小隊長、○○衛生軍曹。第三小隊長、○○衛生軍曹。建制順に出発！」

こんな鉄砲のひとつも持たない部隊が出撃したところで、どうということはないが、そこはそれ、いちおう格好だけはついているというものだ。

当時の千葉の街の北方にある病院から、街のなかを走りぬけ、約二キロ南の亥鼻台にある護国神社に着くと、ここで「状況終わり」となり、帰隊するのがつねであった。いまは護国神社が北方にうつり、跡は亥鼻公園と文化会館となっている。

訓練が終わって帰院すると、ちょうど、朝食の時間となっていて、スムースに、その日の昼間の日課に移行することができた。さすがにメンコの数の多い准尉さん、そのへんの時間をちゃんと計算して、非常呼集をかけていたのであった。

ヨーチン

ヨーチンとは、正しくはヨードチンキといい、日本薬局方では劇薬あつかいの薬で、七十パーセントのエチルアルコール一リットル中に、ヨウ素六十グラム、ヨウ化カリウム四十グラムをとかしたものである。

局所殺菌、消毒剤で、手術する場所の皮膚や、手術者の手指の殺菌消毒、小さなキズの消毒に用いられる外用薬である。

戦後、新しい良薬がたくさんできて、昔の薬の多くは用いられなくなってしまったが、このヨーチンは、現在も命脈を保っている数少ない良薬の一つであるといえよう。

しかし、私がこのヨーチンの話を持ち出したのは、この化学薬品の紹介ではない。軍隊では隊付衛生兵の通称(?)を「ヨーチン」といったのである。

新兵として第一期の教育をうけ、検閲がすむと、幹部候補生の志願などがあり、同時に適性や入営前の職業、性格などを参考として、通信、ラッパ、毒ガス、銃工、木工、靴工、縫工などの特業教育にわかれる者がでてくる。

これは、准尉がきめるのであるが、そのなかに衛生兵となるべき者がおり、ちかくの陸軍病院に通って、衛生関係の技術的な教育を軍医によりうける。教育を終えると、もとの中隊に帰って衛生兵として勤務することになる。これを隊付衛生兵という。

一方、徴兵検査のときに衛生兵ときめられた者は、陸軍病院の教育隊に直接入営する。そして、逆に第一期の教育をちかくの部隊でうけ、前者とおなじ専門教育をうけるのであるが、病院付衛生兵として、その後の勤務はかなりちがってくる。

軍医でも、隊付と病院付とでは、勤務内容がかなりちがうのとおなじである。

なぜ、この隊付衛生兵を「ヨーチン」というのかというと、外用薬としてヨーチンをつかうことしか、医療技術を持っていない者という、一種の蔑称である。

小さなキズでも、軍隊に多いインキンでも、そして行軍にはつきものの足のマメでも、ヨーチンさえあれば治療できるし、このていどのものはいちいち軍医の診断を仰がなくとも、衛生兵の一存で治療してよかったのである。

とくに、マメに対するヨーチン療法は効果抜群で、縫針に木綿糸を通したものに、たっぷりヨーチンをふくませ、針でマメをやぶって、中にヨーチンを入れるのである。

マメが大きいときには、マメの両端をハサミで切って二ヵ所穴をあけ、中にヨーチンを流しこむ。瞬間的に飛びあがるほど痛いが、立っているのが困難なほど痛んだマメが、一夜にしてケロリとなおり、新しい皮が張ってくるのである。

こんな治療法は軍医学校では教わらなかったが、私たちが夏季訓練で歩兵隊に入り、連日の行軍で足がマメだらけとなって、点呼のときに不動の姿勢（「気をつけ」）がとれないほどに痛んだとき、「ヨーチン」こと隊付衛生兵に実地教育をうけたのである。このヨーチン療法は、日本陸軍に広く普及していたらしい。

また、衛生兵をこのような蔑称でよぶのは、兵科でない各部の兵であるということも関係しているといわれたし、ほんとうは蔑称ではなく、

「一にヨーチン、二にラッパ……」

といって、特業のなかでも一番らくな業種とされていたので、ほかの者がうらやんでこう呼んだともいわれている。

しかし、野戦に出ると、だれでも命が惜しいので、「ヨーチン」などとよぶ者はおらず、「衛生兵殿」と殿づけでよばれることが多かったという。

病院にいる衛生兵は、こんなマメのヨーチン療法を行なうこともないし、病院内は経理部員が二、三名いるだけで、そのほか全員が衛生部員だから、各部の兵として軽蔑する者もなく、こちらの方は、「ヨーチン」とよばれることはなかったのである。

防疫給水部

千葉陸軍病院には兵舎が新旧二つあり、旧兵舎の方には病院勤務の衛生兵が入っていた。私たち依託生はこれと離れた新兵舎の方の端の一部屋に入っていたのであるが、ある日、突然、新兵舎のほかの部屋全部に動員部隊が入ってきた。

湾部隊とよばれていたが、私たちの隣りの部屋が将校室となり、そこに母校の先輩である軍医の見習士官が一名いて、話をしにきたり、行ったりした。

それでわかったのだが、この湾部隊の「湾」は台湾軍（第十方面軍）の通称号で、この部隊は、その軍直轄の防疫給水部という部隊であった。

防疫給水部というのは、文字どおり防疫と給水を任務とする野戦部隊で、日華事変のころから、水の悪い大陸に派遣されていた。

ペストやコレラ、チフスといった危険な病気などがなく、水質良好な水がどこででも多量に手に入る日本内地では、まったく必要ない。内地の師団にはこのような部隊はないので、一般には、ほとんど知られていなかった。

ところが、戦後になって、森村誠一という作家が、『悪魔の飽食』という本を書いて、有名にしてしまった。満州第七三一部隊という関東軍防疫給水部で、部隊長の石井四郎軍医中将以下が、細菌戦の研究を、マルタと称する中国人捕虜をつかってやっていたというのである。

しかし、この関東軍防疫給水部というのは特殊であって、ほかの防疫給水部は純粋に前述の業務にあたっていたのが事実である。

部隊長は佐官級で、将官の部隊長は七三一部隊のみであることからも、特別だったことは知れるだろう。いくら陸軍でも、数多い防疫給水部の部隊長を将官にするほど、将官の安売りはなかったはずで、石井中将だけという事実は認めざるをえない。

硫黄島に米軍が上陸したとき、細菌戦の実施案が参謀本部から出されたが、野戦衛生長官部（長官は陸軍省医務局長が兼務）が強く反対して撤回させたと聞いている。わが衛生部が、細菌戦を実行する意図がまったくなかったことは明白である。

さて、その防疫給水部は軍医が部隊長で、防疫部門は多くの軍医将校以下、衛生部員であるが、給水部門は水を運ぶのが任務であるから、兵科の将校以下がこれにあたった。

前述の石井中将が考案した石井式濾水器（秘密兵器）で、きたない水を浄化し、大量の飲料水を各部隊に配給するのだから、水の悪い大陸などで

は、神様のようにありがたがられたという。

私は昭和五十五年に、ベトナム難民キャンプの医療指導ということで、タイに派遣されたが、そのさい、いまここに石井式濾水器があったら、どんなに有効であろうかと思ったほどである。

石井式濾水器の平和利用として、すでに帝国陸軍も解体し、秘密兵器でもないのであるから、どんどん生産して、東南アジアやアフリカなどに輸出したらどうであろうか。そうすれば、石井中将もうかばれるというものである。

さて、防疫給水部は師団に属するものと、軍直轄のものとがあるが、この部隊は後者であった。

軍隊には軍隊記号という部隊の略号があって、作戦の地図などに記入するには、この記号を用いた。ところが、この記号はなんと横文字で、しかも欧米諸国と共通であった。たとえば、

軍　A（ARMY）
師団　D（DIVISION）
旅団　B（BRIGADE）
連隊　R（REGIMENT）
歩兵　I（INFANTERIE）
砲兵　A（ARTILLERIE）

工兵　　Ｐ（PIONIER）

戦車隊　ＴＫ（TANK）

これでは、作戦用地図を敵にとられたら、一目瞭然で、日本軍の部隊名がわかってしまうはずであるが、最後まで改められなかった。なにしろ、フランス、ついでドイツに指導されてできた軍隊だから、当然であろう。

しかし、防疫給水部は石井式濾水器中心の世界で他の国の軍隊にはない部隊であるから、既成の横文字記号はあるはずがない。

そこで防疫のボをとってＢｏとした。

このようなローマ字の軍隊記号は、防疫給水部が世界に冠たる濾水器をもつ特殊部隊だったからで、わが衛生部の誇りの一つであった。

しかし、この湾部隊の将兵の顔色はさえなかった。昭和十九年十二月といえば、敵が十月にレイテ島に上陸、つぎの敵上陸の目標はルソン島か台湾かとさわがれていたころであり、敵潜水艦の活動は、かなり活発で、海上輸送で、台湾にぶじ上陸できるかどうか、疑問の状態であった。

翌月の二十年一月には、沖縄に派遣が発令された第八十四師団が、みすみす海没させることはないとの理由で、派遣が中止となったほどだから、推して知るべしである。

編成が終わったある夜、突然、この湾部隊は極秘裡に千葉陸軍病院を去っていったが、その後の運命は、いっさい不明である。

「碧素」初使用

三月十日の東京大空襲のとき、私は母校の付属病院の防空当直であった。防空当直というのは、空襲警報発令時に病院の屋上に昇って対空監視にあたり、焼夷弾が落ちれば駆けつけて、消火の任にあたるというもので、昼間、病院実習をしながら、夜は交代で当直をしていたものである。

私と、東部第六部隊で同班だった今村君とが、いっしょに対空監視の任についたときのことである。

ちょうど病院の真上で、敵機B29に味方の戦闘機が攻撃をかけていた。そのとき、突然、ヒューという音がして、なにかが近くに降ってきた。とっさに二人は申し合わせたようにピタッとその場に伏せていた。

しかし、爆発の音がしないので、おそるおそる顔を上げてみると、二人が立哨していたところから、一メートルとはなれていないところのコンクリートがえぐられ、小さな穴があいていた。それ弾が降ってきたものに相違なかった。

鉄帽も民間のものは、軍用にくらべてチャチであったから、まともに当たっていれば、数千メートルの加速度がくわわって、鉄帽をやぶっていたかも知れないし、弾がこちらに跳ねていれば、それによって負傷したかも知れなかった。

このとき、二人は顔を見合わせ、ニヤッと笑っただけであった。

三月十日のときは、この監視の任ではなく、起きて待機の姿勢であったが、「なんだか、今日の空襲は、いつもとちがって大規模のようだ」との情報が入り、屋上に出て見ておどろいた。

なんと、病院の近くこそ燃えていないが、三百六十度、全周にわたって火の海である。こんなことは、いままでなかった。とくに、東方の江東地区方面の火の手は猛烈であった。

「火事と喧嘩は江戸の華」とはいっても、この大火災を目のあたりに見ては、敵愾心がむらむらと湧き、はやく軍服を着て、第一線に出たい気持でいっぱいとなった。第一線に出るといっても、軍医なので、直接、敵を倒すわけではないが、理屈と気持とは別問題であるらしい。

夜が明けると、当直あけとなって帰宅できるはずだったが、なんとなく病院にいたのが運命のわかれ目、その日の午後から罹災患者が続々と運ばれてきて、それから一週間というもの、家に帰ることができなくなってしまった。

このような災害の場合、付属病院は救護所にあてられ、教授以下のスタッフで救護活動をすることになっていたが、男の医師はほとんど召集で軍医にとられ、のこっているのは老いた教授と、召集のこない身体障害者か結核患者の助手が、各科に一名ずついるだけであった。

病棟は学用患者用の木造二階建ての八室で、各部屋には藁布団をギッシリと敷きつめ、これに人間の肩の幅だけの分が一人分で、ピッタリと肩を接して、一人でも多く患者を収容した。

こうして、一部屋に二十名ぐらいだったから、一時に百六十名ぐらい収容できたのであるが、毎日、二十名ぐらい死亡したので、延べ何名収容したのかわからない。

患者は都清掃局の運搬車で運ばれてきた。その運搬に用いた貨物自動車は、荷台の側板が高く、したがって、この車で患者を運搬しても、外部からはいっさい見えなかった。悲惨な罹災患者を、一般市民の目にふれさせない配慮で、この車を使用したのではないかと思う。

この車が病院の玄関に横づけになっても、担架で運ぶ手がたりない。この病棟の看護婦はわずか二名である。そこにたまたまいたのが、最高学年の学生である私たちだけであったから、だれから命令されたのでもなく、私たちが運ぶことになった。

そのうえ、運んでも診療要員がいないので、自然に診療にもタッチすることになり、とうとう、この病棟の医師と看護婦の役も、一手に引き受けることになってしまった。

私たちにしてみれば、そこに山があったから登ったという登山家と同様、そこに患者がいたから診療したのである。まるで野戦病院にいるようなあわただしさだった。

気の毒な収容患者の人々に聞いてみると、川の中に飛び込んで、橋桁や杭などにつかまっていたから助かったので、道路上にいた人は、みんな焼け死んでしまったという。

こうして救助された人も、なにしろ、三月のはじめの寒さのなかで、一晩も二晩も水につかっていたので、その後、肺炎を起こし、ペニシリンなどの抗生物質がない当時のことなので、つぎつぎと斃れていった。

亡くなった人は担架で霊安室に運んだが、あまりに死亡者が多いので、そこも一杯となってしまった。

翌日、また運んでいくと、前日の遺体は一体もなく区役所の方で荼毘に付していた。引き取り人のない遺骨は行旅病死者のあつかいで、区役所の土木課の所管となっていた。あとで遺族の人がたずねてくることがあったが、「その人の遺骨でしたら、淀橋区役所の土木課にありますから、そちらの方に……」というのがとてもいいづらかった。

この一回の空襲で死亡した都民は約八万五千といわれているが、私たちが救護にあたった死傷者が何百名であったか、ただ夢中であったので覚えがない。

軍医学校に入ってから聞いても、このような経験をした同期生はほとんどなく、軍医の卵として貴重な体験であったと思う。

なお、この東京大空襲では、陸軍軍医学校の救護班が、はじめて国産のペニシリン「碧素」を使用したほか、乾燥血漿など、軍医学校で苦心のすえ開拓された新製剤が、民間の一部の罹災患者のため、惜しみなくつかわれたのは、特記すべきことであると思う。

命令なしで入校

私たちは、平時で正規の教育どおりであると、昭和二十一年三月に、それぞれ母校の医学校を卒業、四月に隊付見習士官となり、二ヵ月後に軍医中尉（大学卒）または、少尉（専門学校卒）に任官して、軍医学校に入校、乙種学生を一年やり、命課をもらって任地に赴くのが二十二年六月になる予定であった。

しかし、戦争がはじまると、医学校と軍医学校がそれぞれ半年ずつ短縮され、私の一期上のクラスは、二十年六月に軍医学校卒業予定であった。

ところが、昭和二十年になると、本土決戦がさけばれ、私のクラスは医学校を卒業するさらに半年前に、学生の身分のまま、軍医学校に入校し、見習士官として、四ヵ月間で乙種学生とおなじ教育を施し、九月一日付で母校の医学校卒業、医師免許証下付、軍医中尉（少尉）任官、実戦部隊に赴任することになった。

これは、陸軍省医務局がきめたことであるが、そうでないと、二十年秋に予想される本土決戦にまにあわなくなるのである。どうも、敵の作戦計画予想から逆算して、こう決められたらしい。

私たちは、九月に医学校卒業と予定して、「そろそろ軍刀でも買っておこうか」ぐらいに思っていたが、一期上の軍医学校乙種学生在学中の先輩から、この繰り上げ予定を聞いておどろいた。おどろいたといっても口先だけで、内心では、「しめた、これでオレたちも戦争にまにあった」という感じであった。いくら百年戦争といっても、そんなに長く続くわけはないし、われわれは戦争にまにあわないのではないかと、心配していたのである。

　だが、いつまでたっても入隊命令がこないので、心配だった。すでに、海軍に行くクラスメートは、戸塚の海軍衛生学校に入校し、陸軍の短期現役軍医の連中も、相模原の臨時東京第三陸軍病院（現在、国立相模原病院）内の軍医学校軍医候補生隊に入隊したのであるが、われわれだけに、まだ、正式の入隊命令がとどかないのである。

　しびれをきらした私は、代表として、留守近衛第二師団（防諜名、東京師団）軍医部を訪れた。

　そのころ、B29による空襲がはげしく、軍医部は、南青山一丁目にあった師団司令部内から外に出て、外苑東通りの東側、赤坂八丁目に陣どっていた。

　ところが、この軍医部にも入隊命令はとどいていないというのだ。陸軍省医務局のミスか、師団軍医部が引っ越しのさい、書類を紛失したのか、どちらかであると思うのだが、このさい、そんなことを詮索しているヒマはない。

兵は迅速を尊ぶのであるから、その足で直接、牛込にある陸軍軍医学校にすっ飛んでいった。

軍医学校の校門をくぐって、どんどん北の方にいくと、早稲田大学の第一高等学院に入ってしまった。

ここは、現在、早大記念会堂と文学部になっているところで、軍医学校とは背中あわせになっており、当時、学生は勤労動員で出ていて、校舎はカラである。その一角に、私たちがのちに入校して区隊長と仰いだ人たちが、すでに事務をとっていた。

私の話を聞くや、

「入隊まで、あと数日しかない。命令なんかなくてもいいから、四月二十日に、かならず入校せよ」とのことである。

なにごとも命令によって動くのが軍隊である。三年間も軍隊のメシならぬ、手当と称するサラリーを頂戴しているわれわれにも、それくらいのことはわかる。それだけに、命令なしに入隊しろというのは、スジの通らない話である。

平重盛は、私の先祖にあたるが、この先祖が忠と孝にはさまれてこまったように、所管の師団軍医部にしたがうべきか、軍医学校の区隊長（まだ、直属上官ではない）の言葉（直属上官でないから、命令ではない）にしたがうべきか、こまりにこまりぬいたのである。

そこで母校に帰り、仲間の数人と話し合った結果、

「命令はないが、入隊するしかあるまい」ということになった。

なかには、遠く九州や四国の実家に帰郷している者もいるので、はやく電報でよびもどさなくてはならない。それでも、入隊前日になんとか全員、母校の付属病院に集合できて、恩師の病院長に軍隊式の申告をして、

「母校よさらば栄あれ」ということになった。

私はいま、医科大学の教授職にあるが、教え子を戦地に送り出す教師の気持が、どんなに悲しかったか、いまにしてわかるのである。

そのころ、こちらは欣喜雀躍していたが、暗い廊下で恩師は、目に涙を浮かべていたにちがいない。

この入隊命令なしで軍医学校に入校したことは、いまでもなにかすっきりしない。帝国陸軍の末期症状の一つともいえるのであろうか……。

これより先、私たちの入隊する兵舎は、おなじ戸山町の陸軍戸山学校の西にあった、東京陸軍幼年学校跡の生徒舎にきまっていた。サイズはちょっと合わないかも知れないが、八王子に転営するまで、幼年学校の生徒が寝起きしていたところだから、住み心地は悪くなかったはずである。

ところが、私たちが入隊する直前の四月十三日夜、空襲で焼かれてしまったので、しかたなく、早稲田大学の方を借用、教室の床に毛布を敷き、ごろごろと、寝起きする始末となった。

医学生の魂

四月二十日、軍医学校に入隊の日、私は同級生の島田三雄君とともに国鉄新宿駅に降り立った。右手に軍刀、左手にトランクの学生服姿である。

前述の四月十四日朝にかけての空襲以後、新宿から先は山の手線が不通で、都電も焼かれているので、ここから軍医学校まで、歩いて行くしかない。

駅前一帯は焦土と化していた。都電の線路ぞいに歩きだすと、母校の本館がすぐ右手に見えた。新宿駅とその間になにも建物がないのである。母校も本館をのぞいて、木造の建物はことごとく烏有に帰していた。

十四日に一級後輩の和田右門君の充血した眼を付属病院で治療しながら聞いたことを、いま、まのあたりに見ているのである。

和田君らはそのころ、母校のちかくに下宿していたのであるが、空襲警報とともに学校に駆けつけた。

当夜、校内に落下した焼夷弾の数は百五、六十個だったという。

木造の建物はどうにもならなくなって、一同はコンクリート建ての本館に集まった。外は火の海である。熱風がガラス戸に吹きつける。

もう、建物も自分たちの命もダメかも知れない。そのとき、期せずして、声が起こったという。東京医専（現在の東京医大）の校歌である。

〽ヒポクラテスの名によれる
ギリシアの昔、斯道《この》の
光明　西のあさぼらけ……

土井晩翠の作詞になるこの歌は、全校学生の魂だった。校歌を歌いながら死のうというのが、全員の願いだった。すでに水もなく、ガラス窓の内側のカーテンを引きちぎって、類焼をふせぐしか手段がなかった。

かくして一夜明け、本館のみ焼けのこったと知ったとき、彼らは、自分の下宿や持ち物いっさいが焼失してしまったのに、すがすがしい気持であったという。母校をまもりとおした満足感がそこにあった。

実際、このとき本館も焼失していたら、現在の東京医大は存在しなかったであろう。彼らは母校の恩人なのである。

和田君より一級下の作家・山田風太郎君の著書『戦中派不戦日記』にも、「相撲部の和田さんを途上に見る。昨夜、もっとも勇戦せる人なり。顔、赤く腫る」と書かれている。和田君は山田君と会った後、眼の治療に私のところに来たのであるが、このたのもしい後輩に感謝せずにはいられなかった。

　この焼けのこった東京医専の先には、東京女子医専（現在、東京女子医大）の建物が見えた。さらにその先には市ヶ谷台の陸軍省、参謀本部しかのこっていなかった。左の方に東京第一陸軍病院が見える。

　その裏がめざす陸軍軍医学校だ。

山形に転営

　われわれは、入隊と同時に見習士官となり、平時で一年かかる乙種学生の教育課程を、わずか四ヵ月で仕上げるという、とんでもない速成教育をうけることになった。

　身分上、乙種学生にはなれないので、隊名は〝第二期現役衛生部見習士官教育隊〟という、おそろしく長い名前となった。

　第二期とあるが、第一期はわれわれの一期上のクラスで、見習士官としては在校しなかったが、学徒動員のかたちで、数ヵ月、第一学徒隊（第二学徒隊は短期現役軍医）の名前で入隊していた。階級章なしで苦労したので、これを名誉第一期とし、われわれは第二期を名乗ったわけである。

　したがって、軍医学校の現役衛生部見習士官教育隊というのは、実際には、われわれの第二期だけで、第一期も第三期以下もないという、おかしなことになってしまった。

軍医学校の同窓会である「みどり会」では、私たちは乙種学生二十五期の下のクラスで、二十六期に相当するため、乙種学生としては在学していないが、二十六期とよばれている。

同期生は総員三百三十名で、台湾をのぞく全国より集められていた。六区隊に分け、隊長は十九期の大橋成一少佐、区隊長は全員二十期で、全軍中、いちばん若い軍医少佐（一名のみ医専出で大尉）であった。

私は第三区隊に編入されたが、区隊長は東大出身の白石喜久雄少佐であった。この区隊長は新婚ホヤホヤで、奥さんは板垣征四郎陸軍大将の娘さんであったが、軍医学校在校中は、この奥さんにお目にかかるチャンスはなかった。

戦後、白石少佐は結核となり、国立東京第一病院となっていた元東京第一陸軍病院に入院し、そこで亡くなった。

美しい奥さんには、病院にお見舞いにいったとき、はじめて会ったが、区隊長の没後、板垣邸内の自宅に焼香にいったさい、ふたたびお目にかかり、第三区隊全員の記念写真を頂戴した。（この写真は終戦時、焼却命令により焼いてしまっていた）

さて、空襲のはげしい東京では、教育を充分にすることは困難とあって、疎開することになった。軍隊用語では転営である。

われわれの教育隊は、旧制山形高等学校（現在、山形大学）が学徒動員で校舎がカラになっていたので、そこに入った。

そのほか、幹部候補生隊は寒河江の中学校（現在、寒河江高校）、診療部は上の山温泉、軍陣衛生学教室は天童、軍陣防疫学教室は山形師範学校(現在、山形北高校)、後期(八月入校)の軍医候補生(短期現役)隊は新庄といった具合で、山形市を中心に分散配置された。

われわれは、四月二十日の午前中に牛込の軍医学校に入校したのだが、午後には、見習士官の軍服を着用し、山形に送り出す荷物を新宿貨物駅に運ぶ使役にかりだされた。

シャバとは縁が切れたと思ったら、数時間でまたシャバへトラックの上乗りとして出されたのだから、へんな気持であった。

トラックが伊勢丹の裏にさしかかり、信号でストップすると、同級生の伴さん(年がずっと上なので、さんづけでよんでいた)が目の前を歩いていた。

「伴さん!」とよぶと、振り返って、

「なんだ、君たちどうしたのだ」

「入隊早々、貨物駅まで使役ですよ」

「そうか。元気でな」

男の別れはあっさりしたものである。

この人は歩兵軍曹で、北支からの野戦帰り。その後に勉強して、われわれといっしょに東京医専に入学して、三年間、ずっといっしょに机をならべていたのだが、不思議と召集がこなかった。

戦後、聞いたところでは、連隊区司令部に知人がいて、よろしくやってもらったとのことで、依託生も短期現役も志願しないで、のこっていたのであった。

学校教練のときに私と銃剣術の試合をしたが、私の方が勝ってしまい、「弱い歩兵軍曹だな」と思った。もっとも、私の方が十歳ぐらいも年少であったから、当然だったのかも知れない。

翌二十一日は、これで見おさめになるかも知れない校内見学。

二十二日は日曜で休み。二十三日に入校式をやって、その晩に上野駅出発といういそがしさだ。汽車は、一〜三区隊が第一梯団、四〜六区隊が第二梯団となり、万一のことがあっても、半分はたすかるという、軍隊特有の編成であった。

このような配慮は大切なことで、最近の航空機事故で、ナンバーワンとツーが墜死してこまった企業があるのを見ても、やはり、このような気くばりが必要であると感じている。

〽汽車は出て行く煙はのこる
　のこる煙がネ　癪の種ダンチョネ

新幹線とは異なり、当時の汽車は、いまでいうSL。今の若者はこんな汽車がめずらしいのか、郷愁を感じるのか、一所懸命に追いまわして、写真など撮っているが乗ってみればわかるとおり、顔が真っ黒になって、あまりありがたい代物では

ない。

夜行の汽車で上野を出て、目を覚ましたのが奥羽本線の米沢の手前にある「峠」という駅だった。

文字どおり板谷峠という峠の駅で、スイッチバックという、前に行ったり、後ろに進んだりするところであった。汽車は前に進むという常識は、ここでは通用しないらしい。

そのうえ、このへんの山には雪がのこっていて、蔵王山の西側も一面の雪で、山形盆地の西側の朝日連峰や月山はいっそう真っ白であった。

山形駅で下車して、小白川町の山形高校まで、威風堂々と行進したのだが、見習士官がこんなに大勢、山形の街を歩いたのは、はじめてのことだったろう。

山形刑務所入門

前に新宿貨物駅に使役でいって、貨物を出したことをのべたが、山形ではその貨物を受け取りに、また使役で行かなければならなかった。しかも、その受け取り先が、山形刑務所なのである。

なぜそんなところになったかというと、軍医学校では、貨物を送るにあたり、宛先が信用のおける軍の機関でなければならないので、おなじ衛生部関係である山形陸軍病院に目をつけたのである。

この病院は、旧山形城内にある東北第一三八部隊（歩兵第三十二連帯補充隊）のすぐ前にあり、格づけからいうと三等病院という、陸軍病院では最下級の病院であった。（いまでは立派な山形県立中央病院となっている）三等病院では敷地も建物もそれほど大きくないので、軍医学校の疎開貨物を受け入れるだけの余地がなかったらしい。

そこで、病院の向かいにある山形刑務所に依頼したらしい。いまは、県立美術館などの敷地になっているが、こちらの方は病院より広く、しかも、受刑者が応召したり、受刑者が集まって設営隊を編成し、外地に派遣などしていたので、ガラガラにすいていた。そこで、軍医学校の貨物を一時預かってくれたのである。

ここなら、盗人はたくさんいても、盗難の心配はないと思われたのであろう。

私たちは、その貨物を受け取りに向かったわけであるが、一つの門をくぐっては看守が鍵をしめ、つぎの門を開ける。そしてまた入ると、その門をしめて、内の門を開けるといった繰り返しで、何回かの後に、最後の雑居房らしいところに入れられた。そこに軍医学校の貨物があったのである。

なにしろ、生まれてはじめて刑務所というところへ入った者ばかりなので、物めずらしげにあっちこっちに目を走らせていた。

青い服をきた受刑者が、これまたわれわれとおなじように、刑務所内の使役で働いていたのには共感をおぼえた。

戦後、「ネリカン・ブルース」という歌が流行したことがあったが、これが「可愛いスー

ちゃん」という軍隊内の俗謡の替え歌であったのは、私にはわかる気がする。

「可愛いスーちゃん」は私にとっては千葉陸軍病院に入隊のときに教えられたものであるが、そのときは、「初年兵哀歌」という題で教わった。作者不詳で、部隊によりいろいろな題名がついていたらしい。ちなみに、「可愛いスーちゃん」の歌詞をしるしてみる。

〽お国のためとはいいながら
　人のいやがる軍隊に
　召されてゆく身の哀れさよ
　可愛いスーちゃんと泣き別れ……

スーちゃんとは好きな人、愛人の意味で、この歌の場合は彼女であるが、つぎの歩兵第二十連隊で歌われたものでは、彼氏ということになるので、男女双方に用いられていたといっていい。

〽私のスーちゃん福知山
　二十連隊初年兵……

ついでに、「ネリカン・ブルース」の方も記しておこう。

〽身から出ましたサビゆえに
　青い自動車《くるま》に乗せられて
　着いたところは練馬区の
　　東京少年鑑別所……

軍隊も少年鑑別所も、籠の鳥であることには変わりなく、使役に出たりする共通点があることから、おなじ曲を用いることになったのであろうか。

高校寮ぐらし

私たちが入った教育隊舎は、山形高校の生徒自治寮で、旧制高校では全員、寮生活をしていたものだが、当時、生徒は全員、勤労動員で軍需工場に出ていたので、その空家に入ったわけである。この山形高校から仙台の東北大学に進学、また古巣にもどってきた同区隊の見習士官がいて、

「わあ、またこの寮に住むとは思わなかった」と、なつかしがっていた。

四月下旬は山形では桜前線の通過時期である。寮の前に植えられた桜がパッと咲いて、私たちの前途を示唆しているようでもあった。

そこで、各区隊ごとに桜の木の下で写真を撮った。各班ごとのも撮った。これを引き伸ばして黒枠に入れれば、葬式用の写真になるから、戦死の用意ができたと思った。

この写真は終戦時、区隊長の命令で全員焼却したはずであったが、当の命令を下した区隊長自身が密かに温存していたことは前述のとおりである。

寮は六棟あったので、各棟に一コ区隊が入った。各棟は二階建てで、上下に四室ずつであったから、各区隊とも八コ内務班に分かれていた。一内務班七名である。生徒寮時代は一室四名であったらしく、押し入れの壁には一面、落書きがあった。座机が備えつけてあって、あとはなにもない。

このような部屋に藁布団七個を敷きつめて寝るのであるが、夏で蚊が多いのに、蚊帳がない。被服廠だかにないのだそうで、どうにもならない。

しかたないので、消燈前には各内務班で、蚊いぶしをする。蚊取り線香やその原料となる除虫菊もないので、校庭に生えている名もなき雑草を刈りとり、枯草にしておいたのに火をつけ、窓をすべて締めきって数分間おき、さっと窓を開いて煙を出し、また閉じて寝るという寸法である。これは命令ではなく、われわれの生活のチエによるものであった。

山形の水はつめたかった。ここの水道の水は、すぐそばを流れている馬見ヶ崎川から取ったものだが、その源流は蔵王山の北斜面から出ている。したがって、蔵王山の雪がとけて流れてくる水だから、つめたいわけである。四月下旬から五月になっても、東京の水に馴れた私にとって、ぶるぶるものであった。洗面はまだしも、洗濯となると、なるべくしないですませたい気持だった。

ところが、おなじ班に、南国は長崎の生まれという浜里欣一郎君がいた。納豆が食えないほどの、生粋の九州人だからたまらない。洗濯をしたあとの手を見たら、まっ赤に腫れて、第一度の凍傷である。その後、夏になるまで、この人の洗濯は私がひきうけた。

メシは食堂にいって食べるのだが、食事前になると、各区隊とも食事当番を出す。すくないメシを等分に丼に盛るためである。秤があればよいのだが、そんなものはもちろんない。目分量で等分にわけるのだから、至難の技である。多少の凸凹はあるだろうというので、最初に食堂に入る者は、かならずきょろきょろとメシの盛りをみていた。

体重のいかんにかかわらず、同量のメシを食べさせたのだから、大きな人はたまらない。月例の体重測定で、体重がへるのは重量級の人ばかりだった。私は軽量級だったので、腹はへったが、それほど体重はへらなかったようだ。

さて、空襲がはげしくなったころ、焼夷弾で全部の棟が焼かれてはいけないというので、各棟の間にあった渡廊下を、われわれの手で全部こわしてしまった。これは命令である。

しかし、この寮は国有財産であるから、戦後、高等学校では文部省にたいし、たいへんこまったことになったと聞いている。

それよりもこまったのは生徒たちで、とくに冬

の雪のあるときに、食堂に行くのはたいへんだったろう。

寮雨と称する二階の窓から小便をすることは、生徒寮とちがって軍隊だから、特別に禁令はなかったが、行なわれなかったと思う。しかし、まだ学生気分の抜けきれない連中も結構いたので、絶対になかったとはいえない。「郷に入っては郷にしたがえ」という諺があるではないか。

重点教科

物事には、重点というものがある。学校における教科にも、重要なものと、それほど重要でないものとの間には、授業時間の多寡がみられる。そのことは軍医学校でも同じである。しかし、一般の学校では、授業の時間数がちがっても、教科としての満点は、どれも百点で計算され、その総算術平均で序列がきまっている。

よく考えてみると、これほど、非科学的なものはない。歴史の六十点と数学の二十点をくわえて平均すると、四十点となるのであるが、この四十点という数字の持つ意味はなんであるか、だれにも説明できないであろう。

どこの学校でも、このような平均値をだして、それをもって序列としたり、入学試験のさいの評価としているのが現実であるが、それによって落ちこぼれが出たり、不合格としているのは、はなはだ滑稽といわざるを得ない。

軍医学校では、序列によって、一生の進級の順番がきまったり、恩賜の時計を貰えたりする不合理な点はあったが、その配点が教科によって異なっている点が科学的なのであった。このことは公表されてはいないが、本当のことらしい。

すなわち、授業時間数の多い教科は配点が大で、すくない教科は配点も小だというのだ。だから、重点教科を主に勉強した方が、能率的であると先輩から教わった。

陸軍の学校の教科は、大別して学科と術科に分けられるが、軍医学校は、学科偏重といってよいほど学科が多い。そのなかでも、とくに時間数の多いのが、つぎの六教科である。

戦術。衛生要務。軍陣衛生学。軍陣防疫学。戦傷学（外科）。軍隊病学（内科）。

以上が重点教科といってよいであろう。このうち、最初の二つは医学とはまったく関係のないもので、いままでの一般医学校では、まったく教育をうけてきていないものである。このほかに軍陣医学としては、つぎのような教科があった。

軍陣医学総論。軍陣眼科学。軍陣耳鼻咽喉科学。軍陣皮膚科学。軍陣放射線学。軍陣口腔外科学。軍陣病理学。衛生材料。救急法。

ほかに、将校として必要なつぎの教科目があった。

服務提要。軍制学。軍隊教育令。軍人勅諭。軍隊内務令。陸軍礼式令。陸軍刑法。陸軍順位令。陸軍経理。公文書。精神訓話。兵要地誌。地形学。

術科としては、時間数の多い順にならべてみると、

剣術（軍刀操法および手入法をふくむ）。壕掘り。教練。農耕。防空演習。体力検査。行軍。

体操。担架術。

ほかに見学として、つぎの二ヵ所があった。

幹部教育見学（東北第一三八部隊）。兵器見学（仙台陸軍予備士官学校）。

以上、われわれの期の教科内容を示したが、先輩の諸期でも、ほぼ同様であったと思う。

戦術と衛生要務

重点科目のうち、五科目は衛生部特有のものであるが、戦術だけがどうして入っているのか、読者には疑問に思われるであろう。

軍医学校を卒業した軍医は、最初、ほとんど隊付勤務を命じられる。それは、連隊本部や大隊本部に配属されるということである。

これらの本部には、副官など数名の兵科将校と、主計と軍医がいるのだが、戦闘が激しくなると、兵科の将校は死傷した隊長などの補充で、みんな出払ってしまい、最後にのこるのは、主計と軍医だけになってしまう。このような場合に、連隊長や大隊長のお相手をして戦術を練るのは、軍医の任務でもあるわけだ。

それに重点教科の一つである衛生要務は、この戦術を理解していないと、まったく成り立たない科目なのだ。この両者は表裏一体で、戦術を軍医が学ばなければならない理由の一つはこれである。

では、衛生要務とはどんな学問であるかというと、軍隊における衛生部隊、衛生材料などの管理、運用であって、主として軍や師団の軍医部の仕事だが、連隊や大隊の高級軍医にも必要な学問である。

召集の予備員あがりの軍医さんは、臨床はできても戦術やこの衛生要務の教育をうけていないので、軍医の長としての仕事はむりだった。

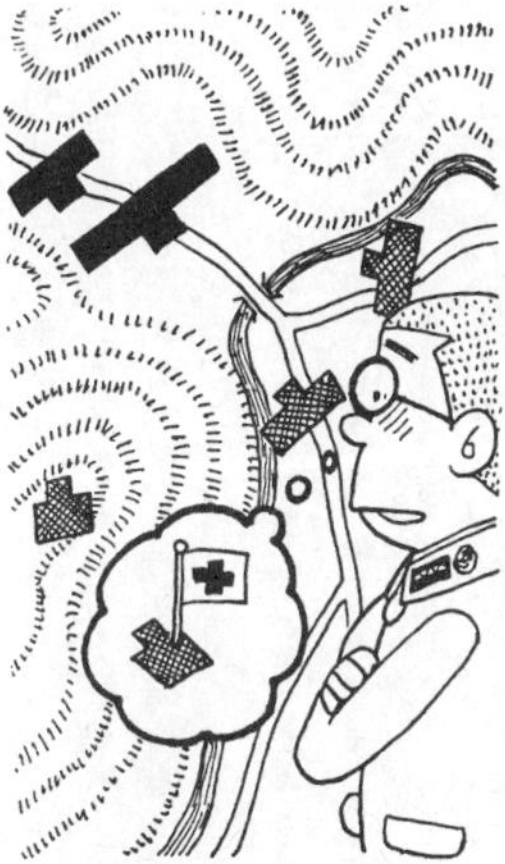

たとえば、敵陣を攻撃する場合、どの方面に重点を指向し、部隊の配列をどうするかは、師団の参謀部で案を練るが（戦術）、それにともない、どの縦隊に衛生隊をどのくらい配置するか、どこに、いつ、どのぐらいの規模の野戦病院を開設するかなどは、軍医部の方で案を練ることになる（衛生要務）。

こうして、師団長名で出される作戦命令ができあがるのである。

この二つの教科は、しばしば宿題が出されるのでたいへんだった。私たちの期は、全員、営内居住の見習士官であったから、きめられた自習時間しかなく、いやでも応でも、この時間内で宿題をこなさなければならなかったので、まだよかった。

よくなかったのは、将校となって営外居住で軍医学校に通学していた、私たちよりも上のクラスの人々である。

そもそも、内科や外科、衛生学、防疫学といった教科は、一般医学校でいちおう、学んできているのだがこの戦術と衛生要務は、まったくそれらと異質の、はじめてお目にかかる代物である。

戦術の教程とよばれる教科書は、士官学校用のもので、それを彼らの数分の一の時間でマスターしなければならない。

ある先輩に聞いたのだが、連日、戦術と衛生要務の宿題が出るので、下宿に帰ってこれをやっていると、毎晩午前三時か四時になってしまう。だから学校に行くと居眠りが出てしまう。

はじめのうちは、姿勢を正したまま寝ているが、しだいに上体が傾いてきて、最後にはドカッと床に倒れてしまう。倒れたままで寝ているので、隣りの同僚が足で蹴って起こそうとするのだが、それでもまだ寝ている。そして、それがあっちでもこっちでも倒れるのだからすさまじいというよりほかなかったという。

軍医の教官はみんな経験があるので、怒ることもなく講義をつづけていたというのだからすごい。

私たちの場合は営内居住で、夜は寝なくてはいけなかったので、日曜日に外出しないで、勉強している者はいたが、バタバタ倒れるといった場面は見られなかった。

私の場合は、牛込の軍医学校と母校が都電で二つしかはなれていないので、先輩の軍医がいまから戦術を勉強しておけと、毎週きて、戦術の初歩を教えてくれた。それに参考書を兵書店から買ってきて、独学で磨きをかけていたので、軍医学校で宿題が出ても、わりあいすらすらと答案を書くことができた。

さて、昭和五十五年の夏、私がタイ国におけるカンボジア難民救援医療チームの医療指導のため、サケオというところに日本政府が建設したメディカル・センターに行ったときのことである。

ここは、日本の医療チームの宿舎でもあり、難民キャンプのあるカオイダンというところは、もっとカンボジア国境にちかく、通勤で医療を行なっていた。

ちょうどそのころ、ベトナム軍のタイ進攻が予想され、国境ちかくは緊張感につつまれて、カオイダンの難民キャンプに行くのは、危険視されている状態のときであった。

「いや、ベトナム軍が、もし、タイ国に進攻するのなら、アランヤプラテートから、真っすぐこのサケオを通り、バンコクに向かうであろう。カオイダンよりも、このメディカル・センターの方が危険だと思う」

私はなに気なく意見をのべた。カオイダンを占領しても、なんら戦術的価値がないと見たからである。

そのとき、調整員とよばれるボランティア参加の事務長格の鳥飼孝則さんが、妙な顔をしていたが、帰国の前夜、バンコクで飲んだとき、つぎのように問いかけてきた。

「先生はドクターらしいが、いったい何者であるか」

「ドクター以外の何者でもない」

「しかし、ベトナム軍の進攻路を予想したのは、ただ者ではないと思う」

「いや、すこしばかり陸軍軍医学校で、むかし戦術を習ったので、あのていどのことはわかるよ」

「先日、防衛庁から一等陸佐の人がきて、先生とまったくおなじ予想をのべて帰ったばかりなので、先生の言葉を聞いたとき、驚いたしだいで、ただ者ではないと思い、お聞きしたわけです」

雀百までの例にもれず、三十五年たっても、戦術的に考える習慣はぬけていなかったのである。

作戦と手術

戦術学で教わった作戦という用語は、英語でオペレーション、ドイツ語でオペラチオンといって、医学用語の手術という言葉とまったくおなじである。一見、全然ちがっているように思われる日本語の二つの言葉ではあるが、内容的には、じつによく似た点がある。

作戦を行なうには、まず情報が必要であるが、軍ではややもすると、これを軽視する傾向があった。

作戦地域の地形や、気象、民情などをしるした兵要地誌のないところで作戦したりしているのは、とんでもないことである。

孫子のいう「敵を知り……」は、この情報を指すもので、これを知らないで立案した作戦計画では勝てるはずがない。

手術をおこなう場合にも、これは必要で問診、打聴診、血液や尿、大便の化学的検査や顕微鏡検査、レントゲンや超音波による検査など数多くの、そして確度の高い情報によって、患者の全身状態や、病気の場所、大きさ、進行状態などを知っていなければ、手術をうまくできるわけがない。

つぎにこの情報にもとづいて作戦計画を練るのであるが、これにはいくつかの基本的パターンがあって、それを覚え込んでいれば、それほど難しいものではない。

手術も教科書に書かれてある術式は、この基本的パターンであって、検査成績などを考慮に入れ、多少、修正をくわえて手術術式をきめればよい。

さて、つぎは作戦の実施であるが、万事、作戦計画どおりに事が運ぶわけではない。思わぬところから、思わぬ兵力の敵が出てきたりする。すると、作戦計画案を多少修正したり、

予備隊の活用により、切りぬけなければならない。

ときには作戦を中止して、撤退しなければならない場合もある。

手術も思わぬところから大出血をおこし、予定を変更したり、出血をとめるのに悪戦苦闘、長時間を要することはよくある。また、予想される事故にたいしては、予備的に器械を用意してかかるのが普通である。

腹を開けてはみたものの、癌などで転移が多いというような状態が悪い場合には、そのまま中止して、縫合する場合もある。これは前述の撤退に相当する。

作戦計画が、十分な情報により、うまく立案されたものであれば、戦闘は予想どおり、すいすいと事がはこび、容易に戦捷を得るのであるが、手術も十分な検査により、予想されるアクシデントにたいして、十分な準備がなされてさえいれば、すらすらと事がはこんで、短時間で手術は完了し、仕上がりはきれいで、うまく出来上がるのである。

このように見てみると、なるほど、作戦と手術とはまったくよく似ていて、欧米の言葉で両者がおなじによばれているのも、むべなるかなと思われる。この意味で、軍医学校で習った戦術学が、現在、私の医療という職業上に、役立っているといえないこともない。

もっとも、会社の経営も作戦要務令によるのがよいと、その種の本が出ているくらいだから、手術によらずなにごとも、十分な情報を得て作戦計画を密にし、そのうえで、実施にうつせば間違いないのではなかろうか。

私物の本

軍医学校の中で、典範令という軍の本以外の私物の本は、区隊長許可の検印をうけることになっていた。どうせ死を決しているのだから、あまりたくさんの本は不要で、私がえらんで持っていった本は、つぎのようなものであった。

西川義方著『内科診療の実際』

なにしろ、医学校を出たばかりのわれわれは、臨床経験のほとんどない身で軍医となるのだから、不安なんてものじゃない。そんなものは、もうとっくに吹き飛んでいる。軍医がいないと、部隊の士気があがらないからいるのである。

それでも最小限、内科と外科の本が必要である。そこで携帯に便利で、多くの医学的知識をあたえてくれる本として、先輩に教わったのがこの本である。漢方の薬までのっているので、薬が不足すると前線では、たいへん役に立つはずの本であった。

著者の西川先生は、当時、母校の付属病院院長であったが、べつにその縁故で持っていったのではなく、前記の理由からである。

調来助著『外科臨床のために』

私が生まれてはじめて、メスというものを持ったのは、前述の、千葉陸軍病院に教育入隊中のことであった。

患者は近くの千葉陸軍高射学校で教育をうけていた兵科の見習士官で、指導軍医のもとで痔の手術をしたのであったが、患者にとっては、たいへん迷惑なことだったろう。

私があまりもたもたやっているので、指導の軍医中尉が、帰りの電車の時間が気になりだして、もうよいとばかり、縫合のところは一人でやって、終わるやいなや、脱兎のごとく手術室を飛び出していった。

そのころ、千葉発東京方面行きの電車は少なかったので、通勤の軍医は、気が気ではなかったであろう。

野戦で手術をするには、この本をかたわらにおき、首っぴきでするのがよいと、これも先輩から教わったので、一冊持っていった。

斎藤茂吉著『万葉秀歌』—岩波新書—

医学の本だけでなく、なにか一冊、心を豊かにする本を持って行きたかった。日本民族の精神的（多くの人は文学的という）至宝と思う万葉集をえらんだのであるが、べつに短歌をつくろうというような、殊勝な心はなかった。

七月十七日、茂吉先生が軍医学校に「万葉集の精神について」と題し、講演に見えたのには驚いた。

これは正規のカリキュラムにあったものでなく、軍医学校副官の小西公三軍医中佐がとくによんで、講演をお願いしたものらしい。ちょうど、茂吉先生もわれわれが山形につく直前の四月十日に、郷里である山形市の南、現在、上の山市になっている金瓶というところに疎開していたのである。

講演中、敵機来襲の警戒警報が鳴ったところ、「わしはプーはきらいじゃ」とおっしゃって、さっさと講演を中止して演壇をおりてしまわれた。

どうも防人の時代にはプーはなかったので、万葉集の精神もプーによって、支離滅裂になってしまった。

軍歌集『精華』

これは陸軍士官学校の軍歌集『雄叫』にたいする陸軍経理学校の軍歌集で、内容はほぼおなじで、経理部関係の歌が入っている。

私の母校は東大久保にあり、都電で一つ先が河田町で、東京女子医専があって、その前に陸軍経理学校があった。

現在は東京女子医大の心臓血圧研究所、消化器

病センター、脳神経センター、腎臓病総合医療センター、糖尿病センター、内分泌疾患総合医療センター、母子総合医療センターなどが建っているところである。

そして、河田町のつぎが若松町で、ここに軍医学校があった。この若松町停留所と軍医学校の中間に兵書専門店があり、そこで購入したのが、この軍歌集『精華』であった。

軍医学校には、このような軍歌集はなく、われわれの期では、ガリ版刷りの軍歌集が配布されて用いられていた。

杉本五郎中佐著『大義』

私の先祖は会津である。曾祖父が戊辰戦争に出て、鶴ヶ城北の丸に籠城して戦っている。したがって、幼時より、白虎隊の話を聞かされており、そういうものかと、それほど死をおそれることはなかった。

しかし、現実に死がちかづくと、やはり死は大きな問題で、そう簡単に死ぬわけにもいかなかった。そこで岩波文庫の山本常朝著『葉隠』などを読んだが、あまりに古すぎて、どうもピンとこなかった。

そのころ、中学の同級生で、陸軍士官学校五十八期生となっていた山田栄一君から奨められたのがこの本である。

彼は輜重兵科の将校となったが、まもなく終戦。その後、慈恵医大に入りなおして小児科医となったが、惜しいことに、三十歳そこそこで胃癌となり、病没してしまった。私はこの本が気にいり、自習時間に写本までした。

幹部教育見学

山形には、城址に歩兵連隊があった。県下唯一の陸軍部隊であるこの三十二連隊は、沖縄防衛の第二十四師団に属し、出征中であるが、その補充隊が東北第一三八部隊の名で同所にあった。

ここで本土決戦にたいする幹部教育をするというので、五月下旬のある日、われわれは見学に行くことになった。

午前中は「挺身奇襲」、いわゆる「斬り込み」の訓練である。城の石垣をつたわって、夜間、忍者のごとく静かに潜入するところをやった。

午後は「対戦車肉薄攻撃」の訓練で、急造爆雷を持って戦車のキャタピラの下に投げ込む練習だった。

教育するのは、予備士官学校を出たばかりの甲種幹部候補生の見習士官と、部下の乙種幹部候補生であるのにたいして、教育をうける側は、かなり年とった甲種幹部候補生出身や、それ以前の一年志願兵出身とみられる召集の予備役少尉さん方であった。

後輩が先輩を教えているのだから、なんともさまにならない図であった。

それにしても、この部隊は兵隊からして、私たちが教育をうけた近衛の両歩兵連隊とは、くらべようもないほど、ていどが悪いように思えた。敵が上陸してきたら、われわれの教育隊が戦闘した方がましだと思った。

ところが、戦後、この歩兵第三十二連隊の活躍を戦史で読むと、沖縄で軍司令部が崩壊した後も終戦まで勇猛果敢に抵抗し、八月二十八日に軍旗を奉焼し、二十九日に武装解除をうけたが、連隊長の北郷格郎大佐は、「天皇陛下の命により、米軍の方にいく」といって、最後まで「降伏」という言葉をはかなかったという連隊である。

だから、その補充隊とはいっても、やはり東北人特有のねばり強い性格の兵隊だったのだろうが、どうも私の目には、あまりパッとしなかった。外見だけがそうだったのかも知れない。

なお、この日の見学には後日談があって、

「軍医学校の見習士官の行進は、じつにみごとであるが、いったい、入隊してから、どのくらい教育した人たちなのか」と、留守連隊長が感心して聞いたそうである。教育隊長は、まだ入隊して一ヵ月しかたっていないと答えたところ、連隊長はびっくりしていたという。

たしかに、われわれは教育隊を編成して、一ヵ月しかたっていないが、三年前から、それぞれの歩兵連隊で歩兵としての教育をうけている。だから、当たり前だといえないこともないが、正味は六週間ていどである。

どうして、全国から寄せ集めの集団の歩調がそろうのか、不思議である。おなじ歩兵操典をつかったとしても、それぞれの連隊によって、個性というものがなかったのであろうか。あった方が面白かったとさえ思われるのである。

それに、私の科学的思考によると、足のコンパスの長さがちがう人たちが歩いて、どうしておなじ歩幅、おなじ速度になるのか不思議でならない。

そして、たしかにわれわれ全員の歩調は、ぴったりと合っていたのだが、どうも全員の歩幅が七十五センチ、速度が一分間に百十四歩というのは、いまだに首をかしげざるを得ないのである。

さくらんぼ行軍

行軍は、歩兵連隊で教育をうけたときに、いやというほどさせられて、「軍隊とは、歩くことと見つけたり」と悟ったつもりであったが、軍医学校に来てからは、行軍が楽しくてしようがなくなった。

あの重い小銃がなくなったのが、おもな理由であろう。腰の軍刀も多少重いのであるが、

〽腰の軍刀にすがりつき

　連れて行きやんせどこまでも

連れて行くのは易けれど
女は乗せない戦車隊……

と、「陸軍小唄」にあるように、なんといっても、軍刀はカッコイイのである。ゴボー剣とよばれた三十年式銃剣では、この歌もサマにならない。

ちなみに、「陸軍小唄」というのは、替え歌であって、元歌は「ほんとにほんとにご苦労ね」という流行歌であった。

〽楊柳《やなぎ》芽をふくクリークで
泥にまみれた軍服を……

歌の文句から江南戦線の情景が目に浮かんでくる。この歌がつくられたのが昭和十四年三月で、山中みゆきという女の歌手がレコードに吹き込んでいる。

これが「陸軍小唄」という男っぽい歌になるには、最後の小節「ほんとにほんとにご苦労ね」が不要となり、四小節の歌となった。

「陸軍小唄」は作詞者不明であるが、同年五月に起こったノモンハン事件のとき、陸軍航空隊の戦闘機の戦隊がほとんどこの方面に集結した。

その折に、この替え歌がつくられ、したがって、いちばん古い歌詞は、第二小節が「連れて行きやんせノモンハン」で、第四小節は「女は乗せない戦闘機」となっていたらしい。

その後、航空隊以外でも歌われるようになり、「戦闘機」が「戦車隊」になったり、「輸送船」になったり、はては海軍にまで広がって、「いくさぶね」となったりしたのである。

とにかく、軍医学校での行軍も何回かあったが、そのなかでもっとも楽しかったのが、ここに書く「さくらんぼ行軍」である。

山形盆地というところは、ご承知のように、さくらんぼの名産地で、毎年六月になると、あたりはさくらんぼでいっぱいになる。

そこでこのときをねらって、行軍を行なうことになった。

目的地は、これまた東山、湯野浜とならび奥羽三楽郷の一つとうたわれた上の山温泉であるから、心も足も軽いというものだ。上の山には、軍医学校の診療部の一部が疎開していた。

行軍に先立って、全員から金が集められた。この金を持って兵隊が先発し、山形と上の山のちょうど中間の地点である山形盆地の南端にいたり、さくらんぼを購入して、本隊の来るのを待っている。

本隊は、この地点にくると小休止。受け取ったさくらんぼは、帽子を脱いでその中に入れ、一つぶ一つぶ賞味した。

食べ終わって御機嫌となり、上の山への後半の行軍に移った。このへんに前述の斎藤茂吉先生の生家があ

るはずである。

上の山では、もちろん温泉旅館で温泉につかって、また御機嫌。帰りは汽車にのっての御帰校となれば、まさに殿さま気分である。

片道わずか十三キロぐらいの行軍で、こんなに楽しい行軍はなかった。

さくらんぼ行軍は、行軍に名をかりた一種のリクリエーションであったと思う。

歩兵隊なら、かならず往きも帰りも行軍だから、たとえ温泉につかっても、ふたたび汗と埃でまっ黒になってしまっただろうと思った。

最近、山形に知人ができて、毎年、さくらんぼを送ってもらうのだが、それを食べるたびに、このさくらんぼ行軍を思い出して、ニヤニヤしている。それほど楽しい思い出だった。

入院は楽し

ある日、いや、正確にいうとある晩のこと、おなじ内務班の外山直彦見習士官が腹痛をうったえた。

同室の仲間の見習士官がみんな起きてきて、夜中に全員でこの患者の診察をした。だれも本物の軍医である区隊長を起こして診《み》てもらおうという者はいない。まだ医師免許を持たない見習の軍医であっても、プライドは高かった。

全員で診断した結果、病気は「急性虫垂炎」ときまった。一人として異論をとなえる者はいなかった。そして、今夜一晩は交代で局所を水で冷やして看護しようと衆議一決したのだから、なんとも民主的な軍隊であった。

ここの水道は、蔵王山の氷雪がとけて流れてくる馬見ヶ崎川の水であるから、飛び上がるほどつめたい。

四月末に来たころ、長崎出身の浜里欣一郎見習士官はこの水で洗濯をして凍傷《しもやけ》をおこし、両手が真っ赤にはれ上がってしまった。

見るに見かねて、私などが洗濯を引き受けてやったことがあるほどつめたい。

この水を洗面所でくんで来ては手拭をひたし、外山見習士官の腹を冷やすのである。夜が明けるのが、ずいぶん待ち遠しかった。

朝になると、班の取締見習士官が区隊長のところへとどけに行った。

「第六班の外山見習士官が急性虫垂炎であります。至急、入院の手続きをお願いいたします」

「そうか。すぐ入院させることにしよう」

軍医学校の区隊長ともあろう者が、診察をするとは一言もいわないのである。

そもそもこの教育隊では、内科は私たちの第三区隊長、外科は隣りの第四区隊長が診断をすることになっていた。

陸軍では、診断の結果をつぎのように区分することになっていた。

就業＝すべての業務に就《つ》かしてよいもの。

劇務休＝教練や演習に出場はするが、劇務になることは休ませるもの。

練兵休＝教練や演習、衛兵そのほか、労力を要する勤務をいっさい休ませるもの。これには就寝許可がつくこともある。また、馬の部隊で痔などの場合は、乗馬休といって、乗馬を禁止するものもある。

入室＝医務室内の休養室で、おおむね三日以内、静養させるもの。

入院＝陸軍病院に入院させ治療するもの。

この診断は所属隊の担当軍医がおこなうもので、他隊の軍医を知っているからといって、そちらの軍医に診てもらうわけにはいかない。また、民間のかかりつけの医者に診てもらうわけにもいかなかった。

まさに、生殺与奪の権を軍医は握っていたわけであるが、この区隊長は、あっさりこの権利を放棄して、見習の軍医の卵たちにまかせてしまったことになる。

これには、私たちの方が驚いた。一応、形だけでも診てくれればいいのにと思った。そして、区隊長は臨床には自信がないのであろうかなどと、あらぬことを考えたりした。

さて、私たちは、アクビをしながら授業に出たのだが、外山見習士官の方は担架にのせられて衛生兵につきそわれ、山形陸軍病院に入院した。さっそく手術がおこなわれ、傷口が化膿はしたが、経過は快方に向かいつつあった。

休日にはみんなで交代に見舞いにいった。最初にいった者が、

「陸軍病院にいくと、門のところで衛兵がいっせいに立って、『敬礼』とさけぶ。そのとき

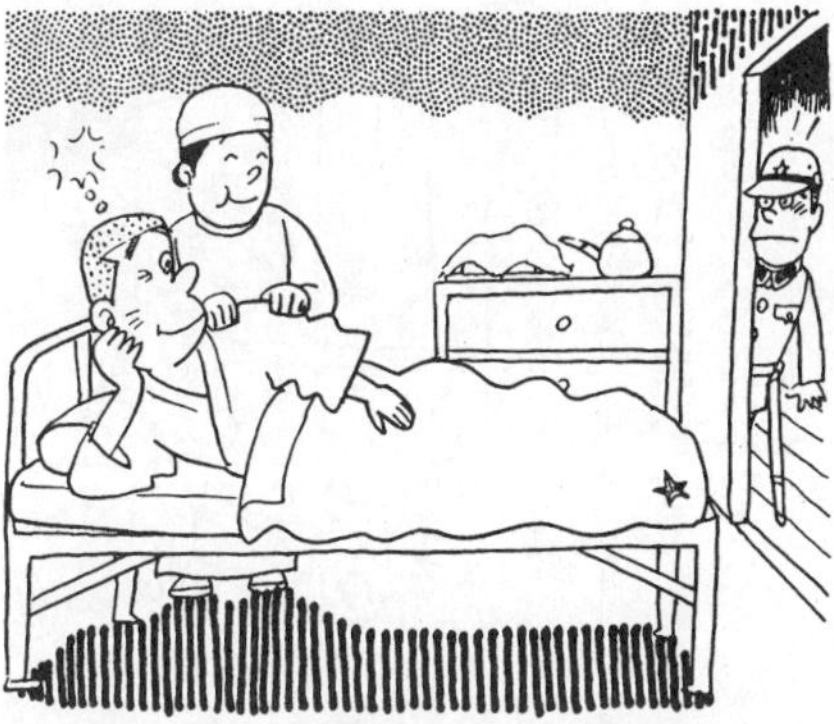

は悠揚せまらぬ態度で答礼を返して、

『外山見習士官の病室はどこだ。案内せい』

『はい。おい○○一等兵、案内しろ』と衛兵司令が命じて、兵隊が案内に立つから、その後について行けばいいのだ」と要領を教える。

この敬礼をうけるのが気持いいのと、陸軍病院にいけば、陸軍看護婦という若い女性がいるという、単純明快な理由で、私たちは出かけたのであった。

当の外山見習士官は、

「ここでは、見習士官とは呼ばれないで、外山士官殿とよばれている。とくに、軍医学校から入院した見習士官ということで、看護婦にもてているよ」と、将校病室の個室におさまって、やにさがっていた。よほど楽しかったらしい。

検食

兵隊にメシを食べさせるのを給養といった。兵業というのは、兵隊として苦労したひとがみんないうよう

に、たいへんな労働である。したがって、給養を適切にやらないと、兵隊はみんな栄養失調や結核などの病気になってしまう。

いまの時代のように食料が豊富で、輸入品ばかり食べているのとはわずか五十年ばかりで、夢のようなちがいである。

陸軍では給養は主計官の任務であるが、軍医は検食をして、カロリーは充分あるか、食中毒のおそれはないか、消化吸収のよいものを出しているか、栄養のバランスがとれているかなどを注意し、適宜、指導しなければならない。

そのため、軍医学校でも、軍陣衛生学の中で兵食の講義をうけ、実習として食事のカロリー計算と、兵業時間計測というのをやらされた。摂取カロリーと消費カロリーとに大差があってはならないのである。

「腹がへっては、戦さができぬ」という名言を遵法して、陸軍では、主食のメシだけは、たらふく食べさせてくれた。

外地では補給がつづかないで、餓島といわれたガダルカナルや、ニューギニア、そのほかメシにうらみが数々ござるという方も多いが、内地では戦争末期の根こそぎ動員までは、比較的、民間よりも恵まれていたといってよいだろう。

陸軍給与令による、メシの定量は一日につき六合六勺（約一リットル）というのは、森林太郎が軍医学校の衛生学教官時代にきめたといわれている。この量はたいへん合理的な量で、兵隊の仕事、すなわち兵業に合わせてきめられたものである。

私は、はじめて前述の東部第三部隊に入ったときには、あまり多くて食べられないと驚いたが、訓練がはじまると、たちまちたりなくなった。

東部第六部隊ではたりなくて、ひもじい思いをしたのだが、これは兵業がきつかったからで、メシの定量は減らされてはいなかった。
千葉陸軍病院では、高粱《こうりゃん》やサツマイモの蔓などを入れて、水増ししたメシが出されたが、歩兵隊ほど兵業がきつくないので、それほど空腹は感じなかった。
ところが、軍医学校では山形に転営すると、まずメシの量が激減した。定量の半分あっただろうか。
そして、オカズがまたたいへんなのである。四月下旬から、「三つ葉」が朝昼晩とつづき、つぎがこの地方の呼び名で「くきたち」という「菜の花の茎」、つづいて「ふき」「キュウリ」と、いずれも三食の食事のオカズが一色なのである。

朝は味噌汁、昼は漬け物、晩は煮物となって出てはくるが、その原料は右のように一色であるから、まるっきり食欲がわかない。

「武士は食わねど高楊枝」とはいっても、これにはまいった。さすが「おしん」の郷里だけのことはある。

いまでも軍医学校の同期会をやると、当時の食事の話がかならず出る。食物のうらみはおそろしい。先日も、五十年たったからと某君が話してくれたのが、つぎのような、ウソのような実話である。

彼の区隊は第四区隊で、炊事場にもっとも近い場所にあった。したがって、横目でにらんでいると、食料の倉庫がどれであるかすぐにわかった。そこでもっとも不真面目な仲間を一人だきこんで、二人でこの倉庫に忍び込んだのである。

そこには、朝昼晩と食べさせられているキュウリの山があった。彼らは、これでは明日も明後日もキュウリばかり食べさせられるからと、倉庫の裏にある川に手当たりしだいに捨ててしまったという。

ちょうどそのとき、週番士官がまわって来たが、これをうまくかわし、さらに作業をすすめていると、なんとべつの見習士官が、キュウリでも空腹よりはましだと盗みに入って来た。そこでこれをどなりつけて驚かしたというのだから、念が入っている。

そのほかにも、炊事場荒らしの話があるが、私たちの区隊は残念なことに、炊事場や食堂からは一番遠くにあったので、そんな話はまったくなかった。

私の隣りに、京城帝国大学出身の衣笠瞬三見習士官というのが寝ていた。この人が朝鮮から角砂糖を一罐かくし持って入隊していた。もちろん、区隊長に見つからないよう天井裏にかくしていた。

私たち内地組は、もうその当時、砂糖のサの字とも縁がなくなってしまっていたので、まさに垂涎の的であった。

彼はときどきこれを取り出してきては、同班の六人に一個ずつくれ、自分も一個つまんではにやにやしながら、いっしょに食べるのを楽しんでいた。私たちもこの貴重品を、なるべくはやくとかさないように、つばをすこしずつ出して味わった。

水野軍医中佐という教官が、軍陣衛生学のなかで兵食を教えたが、私たちの食べている食事をみて驚いていたくらいだから、内地の陸軍の中でも、そうとう悪い方であったにちがいない。

山形の軍医学校の給養が、このように悪かった理由は、東京牛込の本校から間接的に給養をうけているためで、米などは、東京から貨車で送られてくるのである。それが途中で敵機の襲撃をうけて炎上したり、飢えた民間の頭の黒いネズミにかじられたりしたのだからたまらない。何分の一も山形にはとどかなかったのであろう。

また、炊事の人も、山形高等学校の寮の使用人をそのまま留用したのであるから、お粗末なのもしかたなかったのかも知れない。

私も千葉陸軍病院のとき、炊事の勤務を一日だけ実習したのだが、ベテランの炊事軍曹が一人いたら、軍医学校の食事も、あんなお粗末ではなかったろうにと思うのである。

唯一の科学者

水野教官が指摘した軍医学校の食事の悪さは、最後まで改善されずにつづいたが、それにたいする対策としてとられたのが昼寝である。

食事のカロリーがすくないのであれば、兵業時間をへらすか、激しくカロリーを消費する行動を禁ずるしか手がない。

そこで隊長と区隊長は合議して、

「昼食後の一時間は絶対に動いてはいけない。昼寝をせよ」と命令を下したのである。

たいへん合理的な命令なので、全員おとなしくこれにしたがった。したがって、食事は悪かったが、私たちの期からは、一名の栄養失調患者もだすことがなかった。

将来、部隊付の軍医となって、その部隊の食事が軍医学校のように悪かったら、カロリー計算をして、部隊長と喧嘩をしてでも訓練をやめさせ、昼寝を強行させるのが軍医のつとめであると、教官からハッパをかけられた。

実際に、本土決戦にそなえて編成され、御殿場付近に駐屯する某部隊では、訓練があまりにきびしく、兵隊は技術的に強兵となったが、食事のカロリーがこれにともなわないので、みんなやせて栄養失調となり、いざ決戦というときには、役に立ちそうもないという話を聞いた。

ところが、これと対照的な話として、先輩の某軍医が、昼寝により、つぎのような大きな効果をあげていたことを、戦後、聞いたので述べてみたい。

この先輩は短期現役軍医の出身であるから、われわれのように軍医学校で充分な軍陣衛生学の教育はうけていないはずである。

任官して約二年間は、内地で陸軍病院付や徴兵医官として勤務していたが、やがて航空部隊である飛行中隊と飛行場中隊兼務の軍医に転属となった。

さて、はじめは南支のトンキン湾の北にある南寧という飛行場にいったが、ここは敵中でもあり食料の補給が充分でなかったため、隊員四百余名のなかで、結核患者を年間十二名だしてしまったという。

そこで、この経験から、その後、仏領インドシナのハノイ、サイゴン、プノンペンに駐留したときには、昼寝一時間の他、初年兵の特別保護と食事にタンパク質と脂肪を極力増加することにした。

そのころ隊員は約七百名に増加していたのだが、結核患者は、わずか二名しか出さないですんだと

いうのである。これは、たいへんな効果だ。

このように、軍医は部隊唯一の科学者だったので、たとえ、軍医学校で兵食の教育をうけることがなくても、体験から、すぐに昼寝という良法を考案できたのである。

ただ、その主張を容認する部隊長の頭が問題で、科学を知らない神がかりの部隊長だったら、御殿場の部隊のように、軍医を叱るだけで、昼寝などもってのほか、ということになったのではないだろうか。

毒ガス㈠

毒ガスは、第一次世界大戦で、ドイツによってはじめて用いられたもので、国際的には使用を禁止されていたが、それは表向きの話で、どこの国の軍隊でも研究され、製造され、一部はひそかに使用されていた。建て前と本音である。

日本は、毒ガス使用禁止の国際条約にくわわっていなかったので、堂々(?)と、しかも秘密につくっていた。昭和四年から、広島の大久野島に工場を持ち、つくっていたことが戦後判明し、「毒ガス資料館」が建設されているという。

大正十一年の関東大震災のとき、麹町の富士見町にあった軍医学校の衛生教室では、毒ガスが漏れるとこまると、土嚢をつんだというのであるから、軍医学校では、毒ガスの防護および治療に関して、かなり古くから研究していたらしい。

のちに陸軍第六研究所や陸軍習志野学校ができてからは、化学兵器（化兵）の研究や教育はそちらに移管され、軍医学校では、治療の研究だけが行なわれていたようである。

しかし、ガスの教育には習志野学校から教官が派遣されて、みっちりと教えられた。講義だけならまだしも、実習が必須なのだからたまらない。

昭和十八年にできた「瓦斯防護教範」によると、外国軍における主なガスの種類として、つぎのものをあげている。外国とことわってあるが、日本もどうやら外国の中に入っているのが見え見えなのが面白い。

窒息ガス＝塩素。ホスゲン。

催涙ガス＝塩化アセトフェノン。臭化ベンジル。

クシャミガス＝ジフェニル塩化砒素。ジフェニル青化砒素。

中毒ガス＝青酸。一酸化炭素。

糜爛ガス＝イペリット。ルイサイト。

ドイツではイペリットなどの糜爛ガスを黄十字とよび、ほかのガスも色名と十字をつけてよんだ。日本では、十字の方は十字架を意味するのでつかわなかったが、色名の方は頂戴して、イペリットを「黄一号」、ルイサイトを「黄二号」、青酸を「茶」、催涙ガスを「赤」などとよんで防諜名とした。

私たちが実習で体験したのは、第一がイペリットでもっとも物騒な持久性の糜爛ガスである。

第二の実習がクシャミガスである。天幕の中にこのガスを充満し、一列縦隊になってこの中に入り、防毒面の隙間からガスを吸って、外にもどってくるのだ。

クシャミぐらいなら、なんでもなかろうと思うのは素人の考えで、鼻、のど、気管を刺激して、鼻水、よだれを出し、胸痛が強く、とても戦闘どころか立ってもいられない。みんなゴロゴロと寝ころんで、七転八倒の修羅場と化してしまった。

第三の実習は全防毒具の装着である。これはイペリットのような持久ガスにたいする防護具で、全身をつつむゴム製の防毒衣に、おなじゴム製の手袋、長靴と防毒面をつけるのであるから、これをつけただけで呼吸困難となってしまう。

呼吸には肺でおこなう呼吸と、皮膚でおこなう呼吸の二種類があるのだが、この防毒具では、完全に皮膚呼吸がとまり、肺呼吸も防毒面の吸収罐を通してやるので、わずかしか酸素が肺に入らないわけで、苦しいのは当然である。

この吸収罐のなかには活性炭がつまっており、これが有毒ガスを吸収してしまうのだが、最近、電気冷蔵庫のなかの脱臭に用いられているのも、この活性炭である。

さて、私たちがこの実習をおこなったのは、山形の八月上旬である。山形盆地というところは内陸性の気候で、夏はきわめて暑く、全国の高温レコードホルダー（昭和八年七月二十五日、摂氏四十・八度）の地であるからたまらない。この全防毒具をつけただけで、全身から汗がふき出て、ゴム長靴の底に一センチ、二センチとたまってゆくのがわかる。

そのうえ、この服装で制毒（晒粉の撒布など）を行なうというのだから、たいへんである。

駆け足などしたら、何人もぶっ倒れるだろうというので、並み足で運動場を一周したが、長靴内は汗でガバガバ、全身は汗の中につかったようになってしまった。
全防毒具をとって大気を吸ったとき、空気のうまかったことが、いまでも忘れられない。
第四の実習はできたてのホヤホヤの新製品、総合ガス検知器の使用法である。この器械がつくられた理由は、つぎのとおりである。

第一次大戦後、新しい種類の毒ガスはつくられていないので、戦場でガスがつかわれるとすれば、前述のガスが混合されてつかわれる可能性が大である。そこで、すべての毒ガスを検知できる装置を考案したわけである。

まだ、製造がまにあわなくて、各方面軍に一台ずつしか渡っていない。そして、使用法を知っている者は方面軍にも皆無である。

ちかく学校を卒業して、部隊に配属されるのは私たちの期だというので、白羽の矢が立った。方面軍にもその旨通知ずみであるという。だから、ぜひ覚えていけというのだが、方面軍単位では同期生は確実に十名以上いくので、その中の一人が知っていればいいことになった。

みんな、だれかほかの者が覚えていくだろうとあてにして、あまり一所懸命にこの実習はやらなかったようである。かくいう私もその一人だ。

しかし、この実習は、やはり、天幕の中でガスをたき、防毒面をつけて検知器をもった実習生がその中に入っていき、みごとに二種類のガスを検知した。

たしかこの実習生は、のちに慶応大学医学部客員教授となった私と同班の柳下徳雄見習士官であったと記憶している。

毒ガス(二)

イランとイラクの戦争でも、イラク軍が毒ガスを使ったと報道され、国連の化学兵器被害調査団は、「マスタードガスと、タブンとよばれる神経ガスがつかわれた」と断定、発表された。

マスタードガスというのは、「からし」の臭いのするガスという意味で、前記イペリットの別名である。

タブンは、前記のガス分類中にはない新種のものであるが、ジメチルホスホラミドシアニド酸エチルエステルという長い化学名で、これを吸うと、筋肉の運動を支配する酵素が働かなくなり、呼吸筋のマヒを起こして、窒息死するといわれている。作用が非常にはやく、吸入の場合は二、三秒で効果を表わすというこわいガスである。

なお、この調査にくわわった団員の四名は、スウェーデン、スペイン、オーストラリア、スイスの諸国の学者であるといわれているので、すくなくとも、それらの国々では、いままでも毒ガスの研究機関が存在しているわけで、イラク軍の毒ガスが、どこでつくられたものかもはっきりしていないことなどを考え合わせると、まだまだ世界各国で、毒ガスの製造や研究が進められていることが推測される。

以上、戦争のときに用いられる毒ガスのことばかり書いてきたが、最近では、平時でも毒ガスが発生する危険があるという、物騒なことになってきたので付記しておく。

それは火事のとき、塩化ビニール製品が燃えると、塩化水素、一酸化炭素、炭酸ガスなどが発生する。このほかにベンゼン、ホスゲン(前記の毒ガス)なども発生するといわれている。

この中で、塩化水素というのが曲者で、五十から百ｐｐｍの濃度で脱出が困難になり、千ｐｐｍで生命が危険となる。

一酸化炭素では、千五百から四千ｐｐｍが脱出限界濃度であるから、塩化水素の毒性の強さがわかるというものだろう。

こんな恐ろしい毒ガスの発生が、身近におこる可能性がつねにあるのだから、平時といっても油断ができない。

現代人にとって、この方面の知識は生きのこるために必要であろう。

イペリットとの腐れ縁

前に述べたように、イペリットとは、軍医学校ではじめてお目にかかったのであるが、その後も縁があって再三再会したので、文字どおり、この腐蝕性ガスとは腐れ縁が生じた。

軍医学校の実習では、左の前腕に一滴ずつありがたく（?）頂戴し、脱脂綿で軽く吸いとった後、除毒包の除毒剤を水でといて泥状とし、皮膚にすり込んだ。手早くやればなんともなかったが、すこし時間がかかると発赤や水泡ができ、瘢痕をのこすことになる。

一人だけ、吸いとってすてた脱脂綿の上に尻もちをつき、臀部に受傷した見習士官がいた。

それから十八年後のことであるが、私はベルギーのゲントという街の大学に留学した。ゲントは、東フランドル県の県都である。

「フランダースの犬」という英国人の作家が書いた小説が、日本では有名であるが、ベルギーでは、全然知られていない。

このフランダースとはフランドルの英語にほかならないから、フランドル地方の人は、フランダースとはどこの地方のことか、まったく関心がないのである。

さて、その隣りの西フランドル県の県都で、ブルージュという街は水の都で、〝小ベニス〟ともいわれており、日本人の観光客も多いところである。

ブルージュから西南方四十キロのところにイープルという小さな町がある。この町こそなにをかくそう、第一次大戦でイペリットが、ドイツ軍によってはじめてつかわれたところであり、町の名前をとって、イペリットと名づけられた名誉ある町なのである。

一日、私はベルギー人の友人医師の車でこの地を見学した。ドイツ軍の墓はたった一つであるのに、イギリスとフランス軍のそれは二十数ヵ所におよび、イープル川をはさんだこの戦線で、いかに悲惨な光景が展開されたか、目のあたりに見えるようであった。

後にゲント大学眼科の図書室で、イペリットによる眼外傷の文献をしらべたところ、英仏よりもドイツの毒ガス生産工場での症例が多いので驚いた。

これは、英仏側の症例は、ほとんど死亡してしまったことが考えられる。

これとおなじように、日本で原子爆弾による放射性の白内障がほとんどみられないのも、やはり、ほとんどの症例が、死亡してしまったからであろう。

それからさらに十数年後のことになるのだが、千葉県銚子市で、漁師が網に鉄容器をひっかけ、それを船上で開けたところ、これがイペリットで、数人が主として顔面に受傷するという事件が新聞で報道された。

私の推測では、陸軍習志野学校にあったものが、終戦時、その処置にこまって、銚子沖の海中に棄てられたものと思われる。

これらの負傷者は、銚子市民病院に入院して治療をうけていたが、当時、同病院には眼科がなく、目の方は隣接の眼科医院で治療を引き受けていた。そこの院長は私の先輩で、手術を依頼されて行ったときに、ちょうどこの負傷者が来院しており、診察するという巡り合わせとなった。

ゲント大学の図書室でみた、文献の写真どおりのありさまで、どういう治療をしたらよいのか、こまるほどであった。それでも現代医学では、抗生物質やらステロイドホルモン剤を使用して化膿を予防し、瘢痕もすくなく治すことができるのであるが、第一次大戦当時の医学では、死亡者も多く出たであろうし、生命が助かったとしても、失明やたいへんな醜形をのこして、二目とみられない顔になっただろうことが想像された。

このように、私とイペリットとの間には腐れ縁がつづいたが、もうイペリットにはお目にかかりたくないと思っている。

兵器見学

七月七日の七夕の日、私たちにとっては軍籍に入って満三年目の記念日にあたる日に、兵器見学のため、仙台陸軍予備士官学校に向かった。

東京の軍医学校本校にいたら、座間の陸軍士官学校に行くところだが、山形にいるのではしかたがない。予備のつく学校で我慢しようというのが、現役見習士官の腹の中のプライドであった。

生まれてはじめて乗った仙山線は、このころとしてはまだめずらしい電化区間で、「閑けさや岩にしみ入る蝉の声」の芭蕉の句で有名な山寺（立石寺）を通る。面白山トンネルなどという面白い名があったかと思うと、愛子《あやし》などという、本当にそう読むのかあやしい駅もあった。

それにしても、この山形付近には、読みにくい駅名が多かった。左沢《あてらざわ》、寒河江《さがえ》、高擶《たかたま》など、よそ者には絶対に読めない。

仙台駅からは直進して、青葉城の大手門にある師団司令部につき当たり、右に迂回して、司令部の裏にあたる予備士官学校に到着した。このあたりは現在、東北大学教養学部の敷地となっている。

午前中は九二式重機関銃と連隊砲（四一式山砲）の見学である。この予備士官学校は東北と北海道の歩兵連隊から、甲種幹部候補生（兵科）をあつめて教育する学校だから、歩兵の兵器しかない。

重機関銃は軽機関銃とはちがって、格段にたよりがいのある兵器に見えた。故障がほとんどない、優秀なマシン（機械）だそうである。

分隊長以下のきびきびした射撃動作と、陣地変換などを見学した。行軍時は軍馬に駄載するからよいが、戦闘時、四人での搬送は、かなり気合いを入れて行なわないと、ケガでもしそうである。

次は連隊砲で、口径七十五ミリ、長さ百三十センチ、重量九十四キロという代物である。分解搬送の体験ということで、われわれの中で、もっとも体格のいいのが二名えらばれて、砲身をかつがされたが、ふらふらして、見ていても危なくてしかたがなかった。

この歩兵砲の中隊長は、今度の戦争で、もっとも進歩した兵器はなにかとわれわれに聞いた。まさか、歩兵砲ではあるまいし、聞かれた者は、飛行機とか戦車などと答えたが、そんなものは、第一次世界大戦のときの兵器で、今次大戦では電波兵器だと教えた。

午後は予備士官学校を出て、急峻な坂道をのぼったところにある演習場でおこなわれた。いまは東北大学工学部などのあるところだが、当時は、工兵山とかいっていた。

まず、百式火炎放射器という兵器を見せられた。主として、トーチカの攻撃に用いる兵器である。

名前はいかめしいが、なんのことはない、いまでは農家で農薬を噴霧するのに用いる器械といった方が、わかりやすいだろう。農薬の液のかわりに、石油を入れただけの話である。左手でハンドルをこいで、右手でノズルを目標に向けるだけだ。

この実習には、今度はわれわれの中でいちばん体格の悪い代田順見習士官がえらばれた。石油を入れては危険なので、水を入れてあったが、代田見習士官にはかなり重いらしくて、これもふらふらしていた。

この兵器は、わが軍では大陸方面の戦線で大いに用いたらしいが、太平洋戦争では、米軍によって、かえって味方がやられた率の方が多かったようだ。燃料は石油と書いたが、正確には軽油、重油、揮発油などの混合液であったらしい。

つぎが戦車の肉薄攻撃で、これは先の東北第一三八部隊で見学しているので、要領はわかっている。タコツボという小さな個人壕の中に入って待機し、戦車が近づくと飛び出して、急造爆雷をキャタピラの下に投げ、すばやく伏せるのである。

簡単なようだが、実際に投げてみると、なかなかキャタピラには命中しないものである。そこで爆雷を胸に抱いたまま、キャタピラに轢かれるように飛び込むと、確実に自分も戦死するが、命中率が高くなるのでこの方法が賞用された。身をすてて敵戦車と刺し違えるわけである。それにしても、仮想戦車がリヤカーであったのはお粗末で、現実感に乏しかった。

国土決戦教令というのに、米軍が本土に上陸してきた場合には、師団長以下全員、戦車にたいして肉薄攻撃するようにと書かれてあった。衛生部員である軍医も例外ではない。

そんなことで、われわれもこの訓練をうけたのであろう。

この国土決戦教令には、

「敵が日本人の住民を先頭に立てて前進してきた

場合でも、敵兵撃滅に躊躇するな」とか、「戦闘がはじまったら斥候、伝令、目的をはたした挺身攻撃部隊（斬り込み隊）のほかは、後方に向かって行進することは許さない」といった、いま思うと、ものすごいことが書いてあった。しかし、当時のわれわれには、当然としか感じられなかった。

われわれが仙台を訪れた直後の七月十日、午前零時から二時間にわたってB29百三十四機の爆撃をうけ、杜《もり》の都は一夜にして焦土と化してしまった。

空襲救護班

東京をはじめ、日本の大都市は、敵の空襲目標となり、昭和十九年の末あたりから空襲をうけた。マリアナを基地とする敵B29の戦略爆撃隊は、はじめは主として、飛行機製作工場を目標としていたが、二十年春ごろより、大都市にたいする無差別焼夷弾攻撃にきりかえ、さらに地方都市へとうつってゆく。

ここ山形県は、比較的、B29の空襲には見はなされていた。たいした都会もなく、軍需工場もすくなかったためであろう。それでも、五月二十九日と七月二十九日には、上空にB29が飛んだ。

三月にB29が一機、蔵王山の東側（宮城県側）に激突したことがあったが、これは山形県に侵入する目的だったのかどうか疑問である。蔵王をこえるのなら、もっと高度をとればよく、B29ならそのていど（蔵王山は千八百四十一メートル）の高度をとるのは朝メシ前のはずであった。

B29とはべつに、艦載機による本格的な空襲警報が山形に出たのは七月十七日のことで、斎藤茂吉先生が軍医学校に講演に来られた日であった。

これより先、敵の空襲が山形におよぶことを知った軍医学校では、七月十日より十六日まで、私たちにたいする授業を中止し、防空態勢の強化作業を命じた。

どういう情報によってこれを行なったのか、私たちには知るよしもないが、作業が終わった翌日に空襲警報が鳴ったときは、あまりのタイミングのよさに驚いたし、日本軍の情報入手も、まんざらではないと思った。

防空態勢の強化作業とは、どんな作業だったかというと、まず、六コ区隊の宿舎間の渡り廊下を全部、とりこわしてしまった。類焼をさけるためである。

つぎが私物を入れる物品壕と、空襲時、人間が入る防空壕掘りである。

われわれは軍医学校を卒業するとすぐ、軍医中尉または少尉に任官することになっていたので、いろいろな私物を持ち込んでいた。階級章などは、ほとんど全員が持っていた。そこで、教育に直接関係のない私物は、トランクなどに入れて物品壕に格納することになった。場所は、上段と下段の二つある運動場の境目を掘ってつくった。

あとは物品の疎開である。夏なので、寝具の毛布は一枚あればよい。のこりの毛布全部を山形市の東南方、戸神山麓の集落に疎開した。この方は、私の区隊が行なったのではないので、詳細は不明である。

私たちの区隊は衛生材料の疎開で、山形市西方六キロの柏倉門伝集落への運搬を命じられた。

この前日、私たち数名は、山形市西南の集落に大八車の借用にいった。車は全部すでに集められていて、それを持ち帰ろうとしたところ、よびとめられた。

「兵隊さん、まあ、お茶を一杯飲んでから帰られたらいいでしょう。いま、めずらしいお茶を御馳走すっから」

こういって出されたのが、なんとも奇妙な味のお茶であった。聞いてみると、笹の葉のお茶だそうで、生まれてはじめての味であった。そしてその後、一度も笹の茶は飲んでいない。

これより先、軍医学校では、山形市が空襲をうけたときの救護計画が、市との間に立てられていた。それによると、軍医学校から二つの救護班が出ることになっていた。

三月十日の東京大空襲のさい、軍医学校は、やはり二つの救護班を出しているが、一つは皇居内専用であったから、あの広い東京全域にたった一つだったわけだ。それからみると、この小さな山形市に二つとは、たいへんな優遇といわねばならない。

そして、この二つの救護班から送られた患者を収容するのが、山形市第七小学校と柏倉門伝小学校の臨時野戦病院である。

火傷にたいしては、カメレオン水（〇・〇二パーセント過マンガン酸カリ液）、油脂、タンニン酸を用い、それらの衛生材料が不足した場合には、木炭の灰などを使用することになっていた。

　二ヵ所の病院には、三週間を限度に収容し、その後は民間の医療機関にうつすことにきめられていた。

　すでに、山形城址のすぐ北にある第七小学校には診療部の一部が疎開し、衛生材料も東京の本校から送られてきていた。私たちはその衛生材料の約半分を、柏倉門伝集落に移送するのが任務だった。

　私の区隊は七月十四日にこの任にあたった。どうして、この日を覚えているかというと、この輸送の途中に釜石の艦砲射撃の音を聞いたからである。

　陸軍の大砲は、野戦重砲といっても、十五センチ加農砲、二十四センチ榴弾砲といったものが最大の砲だったのに、海軍の艦砲というのは、とてつもなく大きなもので、釜石と山形間、百八十キロもはなれているのに、間近のように音が聞こえたのである。
　この音を聞いた瞬間、
「どこかで友軍の砲兵が実弾射撃の演習でもしているのかしらん。それにしても、山形周辺には、砲兵の部隊はいないはずだ」

などと考えていたにすぎない。あとで同時刻に釜石がやられたと新聞で知り、するとあの音がそうだったかと知ったような次第である。

輸送の途中、運んでいる衛生材料がなんであるか、興味をもった。衛生部員としては当然であろう。そのうち、仲間が袋を見て、

「乳糖があるぞ」

「どれどれ」

乳糖というのは、賦形薬といって、薬としての効能はないのであるが、ほかの有効な薬を微量に用いる場合、それを薄めるために用いる薬である。乳糖は糖の一種だから、ほのかに甘い。

日頃、粗食で頭にきており、大八車の車挽きをさせられている私たちにとって、この乳糖をくすねて胃袋におさめることに反対の者は、一人もいなかった。むこうに行って員数がたりないとこまるから、いくつもの袋から少量ずつ抜いた。このあたり知能犯的で、初犯とは思えないほど冷静に頭がはたらいた。

指揮官はつねに冷静であらねばならないと、日頃、教えられていたのが、こんなところで役立ったのである。

このようにして準備したが、山形市はまったく空襲による被害がなく終戦を迎えたのは、幸運なことであった。

意見無用

私たち陸軍の依託生は、それぞれ母校を三月に仮卒業となって入隊していたのだが、同時に仮卒業したほかの同級生はどうなっていたのだろうか。

陸軍の短期現役軍医を志願したものは、軍医候補生（衛生軍曹）の身分で、軍医学校軍医候補生隊（臨時東京第三陸軍病院、現在の国立相模原病院に付設）に入隊して教育をうけていたが、これは、二ヵ月の教育で卒業となり、見習士官となって、すでに実戦部隊に配属されていた。

海軍の方は、依託生出身者も二年現役志願者もいっしょで、戸塚の海軍衛生学校に見習尉官として入隊していた。

海軍の軍医学校は、現在、築地の国立がんセンターとなっているところにあったが、敷地が狭小だったので、初級医官の教育は、現在、国立横浜病院となっている戸塚の衛生学校に移しておこなわれ、これも三ヵ月の教育期間で、すでに各地の病院や部隊、艦船に配属されていた。

私の寝台戦友の浜島義博見習士官のお父さんは、特別志願の陸軍少将で、京都帝国大学の配属将校をしていたが、五月ごろであったか、戸塚、相模原をへて山形にみえた。

表向きは、京大出身者の視察と激励とでもなっていたのであろうが、秋には、本土決戦で戦死することになるかも知れぬ息子に、暗に別れに来たものと思われた。

この少将の話では戸塚では海軍士官としてのしつけ教育が主であり、相模原では陸軍軍人としての基本教育が主で、ここ山形だけが、軍医としての教育を主にやっているといった。学科偏重とはいわなかったがそれに近いニュアンスだった。

私たちだけは、すでに三年にわたって依託生時代に一般軍隊教育をうけているのであるから、それももっともだと感じた。

ここで陸軍と海軍とで、士官、将校などの用語に差異があるので、説明しておこう。

われわれは陸軍で見習士官とよばれたが、これは戸塚の海軍の連中がよばれている見習尉官とまったくおなじ意味の用語である。

陸軍では、士官という言葉は、尉官とおなじ意味に用いられた。尉官は医官と音がおなじなので、これを用いることを避けたものと思われる。

海軍で士官とよぶ用語は、陸軍の将校という言葉とまったく同じ内容に用いられている。そして海軍の将校という言葉は、陸軍の兵科将校とおなじ内容の言葉なのである。ここのところが、なかなかややっこしいので、じっくり読んでいただきたい。

さて、私たち陸軍の依託生出身者だけが、八月になってもまだ教育をうけているので、血の気の多い仲間は我慢ができなくなって、とうとう区隊長のところに押しかけた。

「われわれの同級生たちは、みんな教育を終わって、実戦部隊に配属になっている。われわれだけが教育に手間どって、本土決戦に間に合わなくなる恐れがある。卒業を繰り上げて、はやく実戦部隊に配属してもらいたい」

　このような意見具申をする者が続出した。あまり毎日、毎日、このような不心得者（？）が出るので、区隊長が悲鳴をあげ、全員を集めて、つぎのように訓示した。

「諸官は、帝国陸軍の現役軍医将校たらんとする者である。兵科でいえば、陸軍士官学校の卒業生とおなじである。

　そういってはなんだが、短期現役や予備役の軍医将校を教育するのとはことなり、乙種学生の課程を全部教育しているのである。

　乙種学生一年の教育を、その三分の一の期間でやるのであるから、教育する方も、教育される方もたいへんであるが、途中でやめるわけにはいかない。悲鳴をあげるわけにもいかない。

　本土決戦は、諸官が考えているほどはやくにはこないであろう。わが大本営の予想では、本年秋の台風シーズン明け以降となる公算が大である。

　諸官は落ち着いて、現在の教育を一所懸命にうけ、将来、立派な現役軍医将校となり、お国のためにつくすよう心掛けてもらいたい。

　昨今、卒業の繰り上げを、意見具申に来る者が多いが、以上のようなしだいであるから、これからは、この件に関しての意見具申は無用とされたい」

　憂国の情もだしがたく、現役軍医を志願した者ばかりだったが、区隊長の一言で、これは一件落着した。

女子挺身隊と防疫実習

戦争中、女子だから兵隊にはなれないが、軍のいろいろな部門に、女子挺身隊という名前で、高等女学校の卒業生が動員されていた。在学生は学徒動員であったから、名目だけの卒業となって、ひきつづき挺身隊と名前が変わっただけで、仕事はおなじことをしていたというケースもあったらしい。

わが軍医学校にも、この女子挺身隊が配属されていて、軍陣防疫学教室に属していた。東京では、渋谷の救世軍本営だったところが、防疫分室となっていたらしいが、三月十日の東京大空襲のあおりをくらって、山形まで疎開してきていた。

疎開先は私たちのいた山形高等学校のすぐちかくにあった山形師範学校（現在、山形北高等学校となっている）で、直線距離にすると五百メートルぐらいしかはなれていない。ほんの目と鼻の先であった。

しかし、そんなことは、おたがいに全然知らなかった。軍規厳正な帝国陸軍だから、当然である。

一方、同じ学徒動員できていた第一高等学校のむくつけき野郎どもが、西南方十五キロの上の山で、外国文献の翻訳業務に従事していることは知らされていたのだから、男女差別、不公平もいいところだ。

だが、時はうつり、八月上旬になると、防疫実習という教科があり、防疫学教室にいき、軍属である技手の人から、細菌の培地の作り方を、実際に手をとって教わることになった。防疫給水部や病院の病理検査室あたりに配属になれば、さっそくやらなければならない手技である。

数人のグループで、一台の実習台を割り当てられたのだが、この一台に一名ずつ、助手として、女子挺身隊員がつけられたのである。

軍隊というところは、およそ色気のないところで、日曜日の外出以外は、女の姿をまったく見ないですごすことが多い。陸軍病院では、陸軍看護婦や日本赤十字社の看護婦などがいて、そのような女性飢餓状態になることはなかったが、軍医学校では、案外、きびしい環境におかれたわけである。

本来なら、われわれが培地をつくり、助手である挺身隊員がそれを手伝うのだが、そんなことはどうでもよい。私たちは培地づくりのいっさいを彼女らにまかせ、「うん、うん」とうなずきながら、真剣なまなざしの彼女らの横顔を眺めて、楽しんでいた。

なかには、一所懸命に彼女らの仕事を手伝っている親切な見習士官もいたが、これではどちらが実習をしているのか、本末転倒もはなはだしいというものだ。

仕事（もちろん彼女ら）をしながら、彼女たちに話を聞いてみると、全員、東京九段の靖国神社の裏にある白百合女学校の卒業生であることがわかった。お嬢さん学校として有名であり、彼女たちも立派な家のお嬢さんたちであった。

彼女たちは学徒動員以来、この仕事を続けているらしく、すでに熟練工（?）の域に達し、われわれの及ぶところではない。われわれは、そのみごとな手技に感嘆するばかりだった。この仕事で、彼女たちはすでに立派な戦士だったのである。

それに比して、私たちは襟章の星の数ばかり多いのだが、まだなんら戦争にたいして貢献はしていないのだから、心の底には、コンプレックスが渦を巻いている。とうとう、ある見習士官が口を出してしまった。

「君たちは、この戦争の前途を、どう思っているのかね」

彼としては、一応、偉いさんぶって聞いたつもりらしい。それにたいして、彼女らの答えはさばさばしたものだった。

「勝ちます。勝たなくてどうするのです。私たちが親もとをはなれ、不自由を忍び、頑張っているのも、戦争に勝つためではありませんか」

かの見習士官は、こそこそと、だれかの陰にかくれてしまった。終戦の約一週間前の話であるから、彼女らにしても、戦況が思わしくなく、あるいは敗戦となるかも知れないと、心の底では思っていたにちがいない。

それにしても、彼女たちの心根が立派であるのに、感動するばかりだった。あれだけ仲よく実習したし、とくに一所懸命に献身的に助手（？）をつとめた見習士官もいたのだから、戦後、幾組かのカップルが誕生してもよさそうなものだが、戦後の同期会では、一度もそのような話は聞かれない。

あまりに私たちがなにも出来なかったので、彼女たちにはヤブ医者とみられ、愛想がつきてしまったからかも知れない。

この実習の最中に、敵の艦載機による空襲があったが、目標は、山形市北方の海軍神町（現山形空港）および漆山飛行場だった。

われわれは外出のさいに、山形市内で特攻要員らしい海軍予備学生に何回も会ったことがあるし、ときどき山形市の上空を北から南に飛ぶ数機の単縦陣編隊の飛行機は、九州方面の基地に進出する特攻機だった。

記録によると、八月九日、十日、十三日の三回にわたって銃爆撃をうけ、死者十八名、負傷者三十三名を出したとあるが、特攻隊の後方基地をつぶすのが敵の目的だったのだろう。

われわれは防疫実習を中止して、彼女たちといっしょに、敵のロケット爆弾攻撃のお手並み拝見、としゃれこんでいたのである。

兵科志願

先日、士官学校の出身者と話をしていて、軍医学校で兵科志願があったことを話したら、相手がびっくりしていた。衛生部の軍医将校になるのに、なんで兵科志願があるのだろうというわけである。

一見、不思議である。

士官学校では、予科を卒業する前に兵科志願があって、それを参考に区隊長あたりが適当に割り振りをしたらしい。もちろん、適性の問題もあるのだが、本人の志望できめられる場合も多かったという。

とにかく、いちど歩兵ときまったら、一生、歩兵である。ときには転科して、ほかの兵科になることもないではないが、それはあくまでも例外で、多くの人は一生その兵科で暮らすことになる。

だから兵科の決定は人生の一大事で、ちょうどそのころに行なわれる卒業百日前の百日祭では、「兵科大明神」と「任地大権現」を祀って大さわぎすると聞いている。

しかし、おなじ兵科志願でも、軍医学校の場合は、さしあたりどの兵科の隊付をやりたいかというのであって、一生、砲兵や工兵にきまるものではない。

私たちの区隊長は陸軍病院付であったが、第一区隊長は防疫給水部から近衛歩兵連隊付をへて、軍医学校の区隊長になっていた。われわれの教育が終わると、区隊長連中は少佐だから、どこかの師団の軍医部の高級部員か、野戦病院長になるかも知れない。

とにかく、軍医というのは、陸軍のなかのどんな部隊、官衙、学校にも赴任するものだから、あまり兵科にはこだわらないという者が多かった。

しかし、「オレはどうしても航空だ」といってきかない者もいた。

また、馬に乗りたいから騎兵か馬のいる部隊を希望した者もあったが、もうこの当時は近衛第一師団以外には騎兵連隊もなく、輓馬編成の砲兵や輜重兵もすくなくなっていたので、希望がかなうかどうか不安だったようだ。

私は歩兵と、乗馬を習った輜重兵、鉄道連隊しか知らない。いずれも短期間であったが、そのなかでいちばん長く、よく知っているのは歩兵で（兵科の操典も歩兵操典しか持っていない）、軍の主兵でもあるので、歩兵と書いて提出した。

多くの同期生も同様であって、あまり砲兵、工兵、戦車兵、船舶兵、輜重兵などと書いた者はいなかったようだ。

ちなみに、私たちの一級上の乙種学生二十五期約三百名の先輩たちは、昭和二十年五月に軍医学校を卒業したが、任地はすべて本土防衛部隊で、多くは郷土の部隊に配属された。
大別すると、つぎのようだった。
航空総軍
第十二方面軍（東部軍管区）
第十六方面軍（西部軍管区）――各六十名ぐらい
そのほかの内地各方面軍――各二十名ぐらい
東部軍（関東）と西部軍（九州）は敵の本土上陸予想地であったから、重点配置したものであろう。私たちの期も、八月末日に卒業していたら、おなじような配置であったろうと思われる。
このように、軍医学校卒業生の配置一つみても、参謀本部の次期作戦予定地がどこか推定できるわけだ。
私たちの二期上ぐらいまでは、「〇〇連隊付を命ず」という命課をもらって赴任したのであるが、一期上からは、「〇〇方面軍付」といわれて方面軍にいくと、「〇〇師団付」といわれ、さらに師団にいくと「〇〇連隊付」ときまるような具合になっていたらしい。
したがって、兵科志願は、単に航空だけを分けるためか、師団にいったときに配属名簿に兵科志願の欄があって、それを参考に配分されるようになっていたのか、さっぱり私にはわからない。
しかし、兵科の志望を書いて、区隊長に提出したことだけは確実である。

現地戦術

戦術の勉強も、最後の仕上げは現地戦術という、現地にいってやる戦術の実習みたいなものであった。一ないし三区隊が、終戦の前々日に、知らぬが仏で意気揚々と、新潟県の北蒲原郡金塚というところに出かけた。四ないし六区隊は、山形にいて動員業務の演習をし、後半に両者が入れ替わることになっていた。

金塚は羽越本線で新発田の北二つ目の駅で、山形からは赤湯と坂町で乗り換えていくのだが、現在の地図では、加治川村となっている。山本五十六元帥が花見にいき、舟の上で逆立ちしたという加治川の右岸にあるので、加治川村でよいのだろうが、当時は、金塚村といったのではなかったかと思う。

駅をおりると、地元の在郷軍人会が、連隊旗に似た会旗を持って出迎えてくれた。

宿舎は駅のすぐ西側にある村の国民学校の講堂であり、あまり上等とはいえなかったが、食事についていえば、ここで入隊以来、はじめて馬鈴薯を食べることができた。たかが馬鈴薯ぐらいと読者は思われるだろうが、山形では一度も食べたことがなかったので、感激したことを覚えている。

また風呂は、踏切を越えて駅の東側にある鉱泉に入りに行った。これも温泉気分になれて楽しいものであった。

翌日からは、いよいよ演習開始で、午前中は戦術の教官・石川治水大佐から状況が示される。

現実には、米軍が太平洋岸から上陸してくるはずだが、ここでは、日本海岸から敵が上陸してくるという想定で、沿岸防備兵団、ぞくにハリツケ兵団とよばれる師団の防衛陣地の配置が問題である。

数年前の先輩たちは、こんな情けない防御戦の現地戦術ではなく、攻撃一方の景気のいい戦術を学んで卒業していったのではないだろうか。

私がいままで独学で読んだ戦術の本には、攻撃のことばかり書いてあって、あまり防御のことは書いてなかったことに気づいた。しかし、攻撃をうける敵側に立って陣地を考えればいいわけで、それなら前進陣地とか縦深陣地とか、今まで紙でおぼえた知識を動員すれば、なんとか書けそうである。

それに、サイパン島が玉砕してから、それまでの水際直接配備による上陸防御方式では、水際陣地が敵艦砲射撃および航空爆撃により徹底的にたたかれ、水際撃滅どころか、こちらが全滅してしまい、効果がないことがわかったので、後退配備による縦深陣地を根本思想とする、上陸防御教令なるものが出ていることを教わっていた。そこで、一応それらしい配置の答案をつくって提出した。

午後になると、こんどは衛生要務の教官・植田軍医大佐が登場する。午前の戦術の原案（教官の模範解答）が示されて、その配備にたいして、衛生機関（包帯所や野戦病院）の配置をどうするかという問題である。

そもそも、攻撃の場合は、主攻方面に重点的に衛生機関を配置すればよい。とくにレントゲン装置を持っている第四野戦病院をその方面に向けることになる。

しかし、防御戦では、敵がどの方面から攻撃してくるか、敵に聞くわけにもいかず、不明なので、あまり重点配置をするわけにいかない。分散配置とならざるを得ないのだが、現地を見ながら、高地や道路の関係をつかんで配置を考えなければならない。

これで傷兵を救護できるかどうか、疑問にならざるを得ない。

昼間の熾烈な砲煙弾雨下にあっては、傷兵の後送は不可能であろうし、これを強行すれば、負傷者がさらに増すばかりである。夜間に手さぐりで包帯所などをさがすためには、あらかじめ包帯所などの位置を設定して、各陣地の兵に知らせておく必要がある。

これだから、現役の軍医には戦術と衛生要務双方の知識が必要で、こうして午前、午後としぼられる理由がわかってきた。しかし、この現地戦術もたった一日だけで、翌日は終戦となってしまうのだが、それを知

るよしもなかった。

この十四日の夜、警戒警報が出たと思ったら、頭上をB29が飛んだ。われわれ演習部隊の存在を知ってくるわけはないので、安心して寝ていたが、これは、秋田市土崎港の日本石油精油所を空襲した、敵第三一五飛行隊の百四十一機であることが後でわかった。

この精油所は、国内の石油生産の三十七パーセントを占める大きなもので、敵は石油を杜絶して、日本の息の根をとめようとしたのである。この日の投下爆弾総量は九百五十三・九トンにおよぶ大量であったと記録されている。

〃鼬《いたち》の最後っ屁〃というのは、苦しまぎれの非常手段であるが、米軍のように勝っているのにする最後っ屁には、どんな動物の名を冠したらよいのであろうか。

ついに終戦

あと半月で卒業ということになっていた私たちの軍医学校生活も、広島と、長崎への原子爆弾がきっかけとなって、ポツダム宣言の受諾により、終局をむかえることになってしまった。あれだけ一所懸命に学んだことが、いっさいムダとなり、ついに敵に一矢をも報いることができなかったのは、残念の一語につきる。

八月十五日は、正午、重大放送があるというので、午前の演習は中止となり、待機の命令が下った。正午になると、国民学校の校庭に整列して、玉音放送を拝聴した。

軍医学校に入るまで、ずっと近衛師団に属していた私も、天皇の声というのは聞いたことがなく、はじめてであったので、ずいぶん周波数の高い、女性的な声だと感じたが、内容は雑音だらけで、ほとんどわからなかった。

解散しても、原子爆弾の投下、ソ連の参戦、数日前の阿南陸軍大臣の訓示などから、なおいっそう奮励せよとの激励のお言葉にちがいないと想像していた。

まもなく、東京の軍医学校本部からの知らせで、無条件降伏を知ったとき、多くの者は「躁」と「鬱」のどちらかに走った。

私は比較的「静」でいられた。べつに敗戦を予想していたわけではないが、私の家は会津で、七十数年前に敗戦というものを経験している。会津鶴が城北の丸に籠城した曾祖父の話や、白虎隊の話を父から聞かされていたのである。先祖の経験がこんなときに役立つとは思ってもみなかった。

「はやまってはならない。冷静に判断せよ」と、曾祖父の声が聞こえるようだった。

その晩はたいへんであった。軍刀を抜いて、じっと見つめている者。割腹でもするのではないかと、そばではらはらしている者。「躁」の仲間を集めて、「今後、いかにすべきか」の討論会をひらいている者。はらはらと泣いている

者。大混乱のきわみである。

沖縄や広島、長崎出身の見習士官には、慰めるすべもなかった。

おなじ班の浜里見習士官は家族全員が、長崎市に住んでいたので、どうなったか心配そうであった。まだ詳報が入っていないため、長崎のどの地区がやられたのか判明しなかった。

翌十六日に山形の軍医学校に帰ってみると、長崎の家から手紙がきていて、一瞬、喜んだのであるが、消印を見ると、原爆でやられた前日に出したものであることがわかり、ふたたび失望した。

はたして、出張中の父親一人をのぞいて、浜里君の家族は全滅していたのである。

浜里君は戦後、長崎医大で、永井隆教授の弟子となり、名著『長崎の鐘』『この子を残して』のなかに出てくる。

翌十六日は演習をとりやめ、山形に帰ることになった。輸送指揮官は私の区隊の第三区隊長白石少佐で、三人の区隊長のなかでは、比較的、元気そうだった。

しかし、全然、顔色が変わっていないのは、戦術の石川治水教官で、士官学校三十三期の大佐は、さすがに立派であった。大佐は土佐の出身。広島幼年学校時代に胸膜炎、大尉時代に粟粒結核、中支の三十四師団参謀長時代に足の負傷と、何度も死線を越えてきているから、やはり、経験がものをいったのであろう。この教官は、戦後、私たちの同期会によく出席してくれた

帰りの汽車のなかで、衛生要務の教官をとらえ、しきりに今回出題の要務の疑問点を、熱心に問いただしている見習士官がいたのが、いまだに目にのこっている。

この見習士官は、軍が解体し、衛生要務という学問が不要になったとは、どうしても考えられなかったのであろう。

夕刻、汽車が山形駅につくと、駅から学校まで、これが最後の行軍となることは、だれもが感じていたであろう。じつに隊伍整然と、しかも元気いっぱいに軍歌を歌いながら行軍した。

軍籍抹消

軍医学校に帰ると、山形地区隊長である幹事（副校長）平井軍医少将の代理をつとめていた副官の小西公三軍医中佐から、全員、退校を命じられた。動員部隊ではないのだから、復員ではない。

もちろん、現役満期でもないのだから、除隊というのもおかしい。そこで、退校となったのであろう。

この小西中佐の退校処置は、私たちの将来を考慮して、軍人の身分を秘匿させ、はやく地下にもぐらせるために、独断でとった処置だった。中佐はそのため、後日、苦しい立場に立たされたと聞いたが、これは立派な処置であったと思う。

区隊長は区隊全員をあつめ、宮城遙拝ののち、

「これから、地下にもぐれ。貴官らの軍医学校における記録は、いっさい焼却する。今後は軍人であった身をかくし、日本の再建に努力せよ。もしも、米軍が皇室に手を出すことがあったら、そのときは決起せよ」と訓示した。

私たちは、あらゆる教材、軍服姿の写真などを処分し、十七日付で退校していった。それらの教材で、最後の風呂を焚いて入浴したのであるが、焚くものを知っているので、みんな感無量となり、涙を湯で洗ってごまかしている者が多かった。

戦後、兵科の将校だった人から、

「軍医さんはツブシがきいて、平時でも戦時でも、おなじ仕事ができるからいいな」と羨まれたが、この退校時には、そんなことを思っている者は一人もなく、みんな一様に国の前途を憂《うれ》えていた。

とくに血の気の多い今村君などは、西部軍（九州）の郷土部隊に入って、あくまで抗戦するのだと、本当に久留米の歩兵連隊まで押しかけた。おどろいたのは週番司令で、当隊では今後、米軍と戦うというような計画はないと答え、丁重にお引き取りを願ったという、ウソのような本当の話がある。

私たちが退校した後、国鉄山形駅には、帰郷の切符購入に要した軍人割引証がのこるわけだ。それでは、いっさいの記録を焼却したことにならないので、全員が帰った後、駅に放火して、駅舎ごとこの割引証を燃やしてしまうことになった。

これには駅の方が悲鳴をあげて、「それだけはやめてくれ。割引証なしで、見習士官には割引切符を売るから」ということになり、山形駅焼き討ち計画は沙汰やみとなった。無茶苦茶な話だが、これもウソのような本当の話だったのである。

また、当時は米の配給時代だったから、軍からの復員証明書がなければ、帰郷しても、米が食えなくなってしまう。復員証明書を持って帰れば、軍人だったことがバレてしまうので、これもゴマカさなければならない。

軍医学校では、苦肉の策として、学徒動員解除証明書なるものを発行してくれた。母校の卒業は、正式には翌九月なのだから、八月まで学徒動員で軍医学校にいき、働かされていたことにすれば、ツジツマが合うというものだ。

母校の二級後輩に山田風太郎という作家がいる。例の『くの一忍法帖』の著者であるが、この人が書いた昭和二十年の記録『戦中派不戦日記』という本が出ている。そのなかに、つぎのような記載がある。

「八月二十五日（土）曇午後雨
佐々教授の話によれば、軍医学校急遽解散せられ、生徒は出身校に復帰することとなる。しかも一度も軍籍に入らず、はじめより出身校にありしがごとく秘密裡に書類を改むることとなれりと。なさけなきかな、まるで豊臣の残党のごとくなり」

私たちは豊臣の残党にさせられているが、これによると、私たちが退校の後に、軍医学校は各出身校に通知してまで、われわれの軍籍の抹消をはかったものと思われる。その徹底ぐあいは、前に述べた山形駅焼き討ちと軌を一にするといってよいだろう。

後日、履歴書を書く場合に、依託生、軍医学校時代のことを書くと、たいへんわかりにくく、複雑怪奇なものになってしまうので、せっかく抹消してくれた陸軍に敬意を表して、書かないことが多い。

それにしても、なにも悪いことをしないで、学校を中途退学させられたのは、私の一生のうち、これ一回のみである。

帰郷

八月十七日の昼食後、はやくも軍医学校を背にした私は、割引証なしで軍人割引の乗車券を買い、山形駅から父の出生地であり、一家の疎開先である隣りの福島県会津に向かった。東京の家は五月二十日の空襲で焼失してしまっていたからである。

福島駅で東北本線に乗り換えたところ、近くの座席にいた中年の主婦の人が、「兵隊さん、どうぞめしあがってください」と、桃一コを差し出した。このへんは桃の産地である。敗戦の身の軍人が、民間人の好意に甘えてよいかどうか、一瞬、躊躇したが、ありがたく頂戴することにした。

この人の主人か兄弟も兵隊にとられていて、軍服姿の人を見ると、他人とは思えなかったのであろう。

郡山駅でさらに磐越西線に乗り換えると、目の前に衛生一等兵が一人座っていて、敬礼してくれた。聞いてみると、埼玉県の大宮付近にいた決戦兵団の野戦病院の兵隊で、やはり、はやくも病院長の独断で、部隊全員に復員を命じたものらしい。

どうも軍医というのは、平和主義者が多く、戦さをやめることには積極的になるらしい。ほかには、復員の兵隊など、一人も見えない。十五日の終戦の翌々日であるから、多くの部隊長はどうしてよいのかわからず、上級司令部に問い合わせしているのがやっとであったろう。

やがて、私は腹がすいてきたので、背負嚢からニギリ飯をとりだした。軍医学校を出るとき、帰郷の途中で食べる米とニギリ飯を配給されたが、米の方は、遠く西日本方面に帰る戦友に全部わたし、ニギリ飯だけ携行していたのである。

ところが、衛生一等兵に聞くと、彼の部隊では、復員途中の食糧はまったくわたされていない。

そもそも、日本陸軍では、給養の責任者は主計である。主計がしっかりしている部隊と、そうでない部隊とでは、このように大きな差ができてしまう。

日本陸軍とことわったのは、英国の陸軍では、軍医が給養の責任者であるらしい。というのは、戦後、タイから復員してきた先輩に聞いたのだが、「戦場にかける橋」で有名な泰緬鉄道の建設時、捕虜のイギリス兵に充分の給養をあたえなかったという理由で、多くの日本陸軍軍医が戦犯となったという。

おなじ衛生部員だから、「おまえも一つ食え」と一等兵にニギリ飯を一つ差し出してやると、よろこんで食いついた。

二人でニギリ飯をパクついていると、横に座っていた中年の婦人が、

「兵隊さん、私は今朝から一度も食事をしていないのですが、おニギリを一つ頂戴できないでしょうか」という。標準語で話すので、東京から疎開してきた人らしいが、食糧の入手が困難であるらしい。

こちらの方も気の毒だから、一つ分けてあげた。私の食い分はそれだけ減ったわけだが、家に帰れば、腹いっぱい食べられるという気があるから惜しくない。

やがて、列車は会津若松駅についた。一等兵は南会津の只見の人で、駅構内の待合室で一泊し、翌日、只見線に乗るというのでわかれた。

この列車は終列車だったので、すでに連絡バスもなく、私はここから西方の会津盆地のドまん中にある家まで、歩かなければならない。

たいして重い荷物ではないが、敷布につつんだ包み一つと、腰にさげた軍刀のほかに、もう一振りの軍刀を持っていた。義兄にたのまれて、軍医学校で買った造兵廠製の新刀で、これがかなり重い。

軍医学校での食事が充分でなかったのと、夕食のニギリ飯を人に分けているのとで、このていどの荷物でも、持って八キロの道を歩く気がしなくなった。

そこで赤ん坊の泣き声のする民家で、夏なので戸を開けてあった家へ入り込んで、荷物を明日まで預かってもらえないかと強引にたのみこんだ。

さいわい、こころよく預かってもらえたので、あとは腰の軍刀をはずして、肩に天秤にかつぎ、暗い夜道をただ一人、軍歌を鼻歌まじりに口ずさみながら、家に帰った。家についたのは真夜中であった。

問題はその翌日からである。村には若い男の姿は見られない。みんな兵隊にとられていて、まだ、復員してきた兵隊など、一人もいない。見習士官ともあろう者が、兵隊より先に帰ったのでは、カッコがわるい。終戦による休暇で帰っていると称して、しばらくは、軍服姿ですごした。

八月十九日には、飯盛山の白虎隊墓地に参詣し、おなじように敗戦を味わい、死をえらんだ白虎隊士の前にぬかずいた。壮烈なる士魂を称えられた白虎隊。このたびの戦争でも、特攻隊は昭和の白虎隊といわれている。さて、自分はどうすべきかと真剣に苦慮した。

まず、「見習士官なんてものは、将校の卵ぐらいの地位であるから、敗戦の責任をとるなんて大それたことは考えなくてもよい」と思った。

しかし、白虎隊士のように、「宗社亡びぬ、我事畢《おわ》る」と割腹してよいものだろうか。国はたしかに敗れたが、亡びたのではない。やはり国の再建に力をつくすべきだ。そして陸軍によって医師になれたのだから、その税金を納めた国民のために、医療を通じて、のこりの人生を捧げようと結論して下山した。

この日が、私の第二の人生の誕生日となった。

ゲリラ戦の教育

私たちの教育も終わりに近づいた頃、上層部より教育隊に、ゲリラ戦の教育をしておくようにとの命令があったそうである。しかし、なんら具体的な内容の指示はなかったらしい。

そこで教育の最後をかざって、八月下旬に蔵王山系で実施することにきまった。数名ずつのグループに分けて、いまは立派なトンネルができている笹谷峠の付近から、南に蔵王山に向けて入り、山頂をへて、高湯（現在の蔵王温泉）から、山形の学校に帰るというコースでである。

実際には終戦となって、この教育は行なわれなかったが、私たちは卒業記念に例の遠足気分の行軍をするのかと思って、楽しみにしていた。まさか、ゲリラの教育とは思ってもいなかったから、当然のことだ。

後に同期会で、区隊長から聞いたところによると、区隊長連中も、こんなことを教育するのかと、驚いたらしい。自分たちもやったことがないし、教育されたこともないゲリラ戦を教育しなければならない立場となった区隊長の心中、察するにあまりある。

そこで第一、三、六区隊長の三人が選ばれて、下見に行くことになった。不完全な地図で、道なき道を進んだが、学生時代に山岳部に在籍した者だったらともかく、夏草の生い茂るなかに踏み入って、視界のきかない山の中では、迷子になって当然で、だいぶ困惑したらしい。ついに、帰校の予定日になっても、三人は帰ってこなかった。

私たちの区隊長は、三人のなかでもっとも身体が弱く、終戦後もマッカーサー元帥の厚木飛行場到着の出迎えなどに活躍、国立東京第一病院の内科医局にのこっていたが、結核となり、まもなく同病院で亡くなったほどだから、このころ、すでにいくらか結核の気があったのではないだろうか。

私たちは、この区隊長がいちばん心配で、蔵王山の山中で倒れてしまったのではないかと危惧していた。実際には、第六区隊長が道を誤り、予定日に帰れなくなったとのことであるが、ゲリラになるのも楽ではない。

沖縄のように、本土決戦で負けた場合、軍司令官などは割腹しても、われわれ下級士官はゲリラとなってその後も戦わなくてはならない。そこでこんな教育命令が出されたのだろうが、陸軍省でも医務局の衛生部員が、こんな命令を発案するはずはない。

終戦時、森近衛師団長を殺害し、宮城を占拠、玉音盤奪取をはかった徹底抗戦派の軍務局員らが、医務局に働きかけて命令したものと思われる。

それにしても、山の中を歩くだけで、ゲリラの訓練といえるのか、いまでも疑問に思われる。

死を急ぐ友

私たちの内務班は七名で、東京の学校出身者三名、京都が二名、長崎と京城が各一名だった。終戦になると、それぞれがばらばらとなって帰郷したが、京城帝国大学出身の衣笠瞬三は両親が朝鮮の元山にいたので帰るところがない。そこで、ほかの者がみんな去って行っても、一人でしばらく軍医学校にのこっていた。

しかし、いつまでも閉鎖された学校にいるわけにもいかない。たよるところもないまま、京都までいき、京都に家があった浜島見習士官のことを思い出して、浜島の家をたずねた。衣笠は私の右隣り、浜島は私の左隣りの寝台に寝ていた見習士官である。

浜島が山形を去ったとき、衣笠は意気消沈し、悲痛な顔で別れを告げたそうだが、浜島は東京付近を通るのは危険という情報を信じて、裏日本経由で帰郷したそうである。途中、福井と滋賀県虎姫の友人宅に泊めてもらい、京都の家に帰ったときは、八月二十二日になっていた。ところが、衣笠の方が先に浜島の家にきていたので、びっくりしたらしい。

衣笠は浜島宅に約一週間居候していたが、当時のこととて、浜島家の食料事情がくるしいことがわかって居づらくなり、なんとか朝鮮に渡ってみるといって、浜島のところを出て行ったという。このとき、浜島は何度も京都で待てと言ったが、どうしても衣笠は聞かなかった。

その後、十月末ごろになって浜島のところに衣笠から手紙がとどいた。下関までいったが、釜山行きの船には乗せてもらえず、流れ流れて熊本市郊外の小さな村の診療所で働かせてもらっている。京城帝国大学医学部出身と口でいっても、その証明となる卒業証書は持っておらず、もちろん医師免許証もないので、どこの診療所でも信用してもらえず、絶望的だと悲観した内容であった。

ところが、十二月四日の朝日新聞の尋ね人欄に、
「衣笠、居所を知らせ。両親と妹がぶじ長崎港についた」との記事がのった。これを見た浜島は、さっそく衣笠の熊本の診療所を知らせたので、衣笠は両親と再会したものと喜んでいた。

年がかわって二十一年の一月末となったとき、浜島のところに、衣笠の父親から丁重な書状が送られてきた。

その文面によると、浜島からの知らせにより、父親が長崎から熊本の診療所にいったところ、衣笠はその約一ヵ月前にこの診療所を退職して、どこかに行ってしまい、行先不明であるとのことだった。

そこで父親は、近くの村々を尋ねまわったところ、十二月八日になって、前任地より約十キロはなれた無医村にいることがわかった。

その村に行ってみたところ、そこも二、三日前に突然いなくなって、近所の人が手分けをして行方を捜しているとのことだった。

父親もいっしょになって、寒い冬の日を四方八方さがしまわったところ、診療所から約二キロはなれた山中で、冷たくなった衣笠の死体が発見された。足元にはモルヒネの空のアンプルと、注射器とが散乱していたという。せめて、あと二、三日辛抱していてくれたらと、父親は悲涙にむせんだことであろう。

「衣笠よ、なぜもうすこし頑張れなかったのか。軍医学校では、つらいときも、苦しいとき

も、いっしょに頑張ったじゃないか」

なんとしても痛ましい友の死であった。戦争の犠牲者というには、あまりにもむなしい悲劇だった。

この浜島君は先年、京都大学の病理学教授を定年退職したが、「オレの戦後はまだ終わっていない」と、ビルマにおける医科大学の建設に情熱を燃やしつづけている。

軍医学校の歴史㈠

明治四年、兵部省（陸海軍省）は軍医の養成をめざして、半蔵門外旧田原藩邸とあるから、現在の国立劇場のあるところに、軍医寮を設置した。長である軍医頭には、兵部大輔の山県有朋によって、松本良順（または順）が起用されている。

この松本良順という人は、佐倉の藩医で、佐倉順天堂の開祖として有名な佐藤泰然の次男で、幕府の医官松本良甫の養子となり、長崎でポンペについて西洋医学を学び、幕末には幕府の医学所頭取となっていた。

戊辰戦争では会津に走り、藩校日新館に野戦病院を設けて、傷兵の治療にあたった。その後、兵器商人スネルの船で横浜に逃れ、スネルの家に潜伏中とらえられ、しばらく幽囚の身となったが、放免されて、わが国最初の私立洋式病院蘭疇舎を早稲田につくった。

戊辰戦争では賊軍だった松本を起用した山県も偉かったが、やはり、それだけの実力を松

本が持っていたとみるのが妥当であろう。

翌五年に軍医寮学舎という名で軍医学校の前身ができあがった。

このころ、軍医がたりなかったわけではない。明治四年に廃藩置県を断行して、中央に御親兵（近衛）、全国に鎮台がおかれると、戊辰戦争に従軍した諸藩の医者がたくさんいて、それが全部、軍医として入ってきた。

平時には、そんなに軍医はいらないし、また、程度の悪いのがたくさんいた。なにしろ、医師免許のなかった時代だから、自分で医学を修業したと称するもののマユツバもので、たいした技術や経験のない者が多かったらしい。

そこで松本はどうしたかというと、名簿をひらき、目をつぶって朱線を引き、当たった者は全部クビにしたというのだから、豪放というか、公平というか、無茶というか、時代が時代としても、この松本という人は大人物であったらしい。

さて、こんなことでクビになった人たちは、藩閥の縁故をたどって、同藩人の部隊長などを通じて、猛烈なクビ切り反対運動を起こしたのは当然である。それが大官を経由して、みんな苦情が山県兵部大輔のところに集まったのだが、山県は、「軍医は特別の学術を要することであるから、その方面は松本に一任してある。素人の口出しすべきことでない」と、常に断然これをしりぞけたというのだから、山県も立派である。

　このようなクビ切りをやっても、まだ人数が多すぎるので、さらに試験をやって軍医をへらしたり、その成績によって、階級を是正したりしたという。

　そして、正式に西洋医学の教育をうけた医師がいないので、新たに部内で軍医を養成する目的で、軍医寮学舎をつくったのである。

　だから、この軍医寮学舎の教科目は、一般医学教育が主体で、軍陣医学の教科はほとんど入っていない。その性格は、明治六年三月に、陸軍軍医学校（五年に兵部省が陸軍と海軍に分離）と改称されたあともつづいていた。

　十年になると、いったん、この軍医学校は閉鎖されて、官立東京医学校（現在の東京大学医学部）の生徒のなかから、軍医志願者を募集し、陸軍軍医生徒と称する依託生制度を発足させた。

　そして、明治十九年から軍医学舎として再開するのであるが、こんどは軍医生徒出身者に、軍陣医学を専門に教育する学校で、軍医寮学舎とは名称は似ているが、性格は異なるものとなった。

　この制度が終戦まで継続するのであるが、依託生は東大だけでなく、全国から優秀な人材を集めるという趣旨で、その後にできた医学校全体から採用するようになった。

軍医学校の歴史(二)

軍医学舎は、はじめ三宅坂の、現在、最高裁判所や国立劇場のある隼町にあった。衛戍病院(のちの東京第一陸軍病院)もおなじ所にあったらしく、あの「汽笛一声新橋を……」で有名な「鉄道唱歌」の姉妹篇として後にできた「電車唱歌」にも歌われている。

〽新宿行はさらになお
　衛戍病院前をすぎ……

明治二十一年になると、靖国神社裏の富士見町にうつり、「陸軍軍医学校」と、また、むかしの名前にもどった。現在の嘉悦学園、東京逓信病院、法政大学のあたりである。

大正十一年の関東大震災で、その校舎が破壊されると、昭和二年に最後の軍医学校が牛込の戸山町に工事がはじまり、昭和四年に竣工した。

昭和十九年になると、東京陸軍幼年学校が八王子に移転し、その跡の土地建物いっさいは軍医学校に移管され、教育部がつかっていた。私たちは、ここに入隊する予定であったが、入隊直前の二十年四月十三日の空襲で建物が焼失し、早稲田大学の第一高等学院を借りて、そこに入隊したのである。

東京陸軍幼年学校と東京第一陸軍病院のあいだにあった陸軍戸山学校も、空き家同然となり、運動場一帯には、東一病院の臨時病棟のバラックが建てられていた。

その東一病院も昭和二十年に入ると信州に疎開し、あとの建物と患者は軍医学校がひきうけることになった。戸山地区の約七万坪の軍用地が、全部、軍医学校の所有となっていたわけである。

二十年四月から五月にかけての東京空襲で、その木造部分が全部焼失、のこったのはコンクリート建ての東一病院本館と、軍医学校の衛生学教室と図書館だけだった。

そして、終戦。軍医学校の終焉となった復員は、九月二日であったと聞く。

現在、軍医学校のあった広大な敷地は、国立感染症研究所、国立健康・栄養研究所などとなってのこっている。

東一病院は戦後、厚生省に移管され、国立東京第一病院と改称、さらに国立病院医療センターをへて、国立国際医療センターと改名し、建物もまったく新しいものと変わっている。

ちなみに、現在の防衛医科大学校であるが、これと軍医学校とを比較する読者がいるかも知れないので、一言つけくわえておこう。

自衛隊では、旧軍の依託生制度をまねた貸費学生制度をつくり、月三万九千円を貸与することにした。依託生の場合は、手当として支給するのだが、これはあくまで、貸すことになっている。まず、この点が相違している。

この貸費学生出身者と、医学部卒業後の志願者により、医官を補充してきたのであるが、これらの志願者がきわめてすくなく、陸海空の部隊の医官の欠員が目にあまる状態となったので、独自で医官の養成にふみきったのである。

しかし、六年間の教育内容は、一般の医学部学生とほとんどおなじで、幹部自衛官基礎訓練というのが、全カリキュラム時間数七千二百のうち、五百であるから、わずか七パーセントふくまれているにすぎない。

だから、内容的には、明治五年にできた軍医寮学舎とまったくおなじ性格で、しかも陸、海、空いっしょであることも、空こそないが、軍医寮学舎と同じであるのも面白い。歴史はくりかえすというが、百年ちょっとばかりで、また巡ってきたような感じがしてならない。

こんなことを書いていると、「バカ、防衛医大と軍医寮学舎では、全然ちがうよ」とおこられそうだ。

軍医寮学舎時代には、女の学生を入学させるなどということは、夢にも考えられない時代であったから、昭和六十年から女子学生の入学を許可している防衛医大は、この点でたいへん進歩しているのである。

赤と緑

明治四年に軍医制度が確立したとき、軍帽や軍服につける、軍医であることを示す徽章をどのようにするかで、一悶着あったと記録されている。

ヨーロッパに留学して、広く赤十字のマークを見てきた当時の新知識人たちは、それにならって赤十字がよいと主張し、それを上部に申請したという。

ところが、政府の要人の中に、耶蘇（キリスト）の印である十字は、使用まかりならぬという強硬意見が出てきた。このころの人はみな、キリスト教禁制の徳川時代の生まれであったから、このような意見がでるのもムリはない。

そこで、やむなく縦一文字を削りとって、赤い横一文字という妙な徽章が誕生した。

明治四年制定の親兵（近衛）や鎮台（師団）の隊付軍医の制服を見ると、白い楯型のワクの中に、この赤一文字がおさまった徽章を、帽子の正面と左の腕の二ヵ所につけているのが見られる。

明治八年には、ぞくに肋骨服とよばれる左右の胸に飾り紐のついた将校の制服が制定されたが、この赤一文字の徽章を、あいかわらず左の腕につけている。しかし、帽章は陸軍全般とおなじ星章となっている。

この赤い横一文字の徽章は、口から舌を出しているように見えるので、「舌出し軍医」といってからかわれ、あまり評判のよいものではなかったらしい。

しかし、この赤の色は、のちに陸軍とわかれた海軍で、終戦まで、ずっと軍医科の色として、肩章や襟章に用いられていた。

日露戦争になると、陸軍は例のカーキ色の軍服となり、「万朶の桜か襟の色」と歌われているように、赤の色は、軍の主兵である歩兵にとられてしまった。

そのとき、衛生部の色は、深緑とさだめられたが、それでも、衛生部員が戦線に出かけて

行くときには、赤十字の腕章をつけて行ったので、全く赤と緑が切れたわけでもなかった。

この深緑色は、襟章、M形の胸章、再び襟の階級章の下の一本棒と、幾多の変遷をへて、終戦までつづく。陸軍衛生部七十五年の歴史は、赤一文字にはじまって、緑一文字に終わるのである。

終戦になって、陸軍も海軍も解体してしまったのだから、この赤や緑はまったく用いられなくなるであろうと思ったが、どっこい生きのびている。

全国の赤十字病院は相変わらず赤十字のマークを使用している。赤十字は国際機関であるから、マッカーサー司令部も、これを抹消することはできなかったのであろう。救急箱などにも、相変わらず赤十字のマークを付しているものが多い。一般の病院や助産所などでも、赤の門燈が用いられている。

一方、緑のほうはどうかというと、日本工業規格の「安全色彩使用通則」というのを見ると、緑は、「衛生・救護」をしめす色として載っている。

じつは、この規格がはじめてできたのは昭和二十八年で、そのときは「救護」をしめす色として、すこし黄に寄った明るい緑色であった。

その後、私が偶然、この色の改正に参画し、陸軍の深緑にちかい色にしてしまった。その経緯はつぎのとおりである。

日本の工業規格である安全色彩ができたころ、アメリカでも同様の規格がＡＳＡで出された。

それによると、色盲の人々を考慮して、それらの人にもわかるように、緑の色の範囲をさだめたと書いてあった。

日本工業規格は、三年ごとに見直しがあって、改正を要する場合は、このときに改正することになっている。当時の委員のなかには、色盲者の見える色について知っている人は一人もいなかった。

当時、私は色盲の研究をはじめて七年目ぐらいであったが、ちょうどこの方面の研究をしていたので、その委員会にくわえられ、畑ちがいの工業規格の委員のなかで、ただ一人の医学者として、緑色の改正にとりくんだのであった。そして、結果的に、緑は深緑にちかくなったのである。

かくして、陸軍衛生部に深い関係のある赤と緑の色は、現代にも生きのこっている。

明治の軍医総監

明治のはじめ、軍医制度ができて、松本良順が初代の軍医総監に就任してから、明治が終わるまでに、八人の軍医総監が出ている。いずれも傑出した人物で、軍医のトップに立った人々であるから、子爵や男爵を授与されている。ただし、六代目の石坂総監と、八代目の森総監の二人は、この恩命を辞退している。八人の総監にスポットを当ててみよう。

初代の松本良順については、すでに述べたから省略する。

二代目の林紀《つな》は、母が良順の姉であるから、松本の甥にあたる。長崎でポンペについてオランダ医学を学び、後に明治天皇の侍医頭となった伊東方成と二人でオランダに留学した。帰国後、静岡藩病院長であったが、松本について兵部省に出仕、いきなり軍医監（大佐）となった。

西南戦争では、軍団軍医長として出征、軍団病院や大小包帯所を設け、みずから軍団病院長をかねている。西南戦争の処理が終わった十二年十月に、二代目の軍医総監となったが、このとき、三十五歳の若さであった。しかし、在任期間は三年と短く、十五年、パリで肺炎にかかり客死している。

二代目があっけなく急死してしまったので、後任には適当な人がなく、三代目には、松本が再度登場し、急場をしのいでいる。

四代目は、十九年五月に橋本綱常がなっている。この人は幕末に有名だった橋本左内の実弟である。このときに、「軍医頭」という名称が「医務局長」と変わっている。もちろん、軍医総監がこの職をかねることは変わりない。

五代目が石黒忠悳で、二十三年十月に就任した。この人は医に志し、慶応元年、江戸医学所に入学、卒業ののち一時、越後に帰郷していたが、明治二年に上京して、大学東校に奉職した。

このとき、文部省の書記官に楯をついて失職、洋行しようと準備していたとき、松本から懇望されて陸軍に入り、その後ずっと陸軍軍医制度の創設に尽力し、軍医の生き字引的な存在であった。

西南戦争では、大阪臨時病院長、その後、陸軍省医務局次長、軍医学校長をへて総監となった。

日清戦争では、野戦衛生長官として、天皇に随行して広島大本営にあり、明治三十年、五十七歳で辞任している。

日露戦争のときは予備役であったが、召集となり、大本営付として、日清戦争のときの経験を生かして尽力、臨時陸軍検疫本部を兼務している。

また、国内赤十字救護班視察のため、全国の各予備病院を巡回したりしている。のち大正六年、七十三歳で日本赤十字社社長に就任し、昭和十六年、九十七歳まで生きた、もっとも長寿の総監である。

六代目は石坂惟寛で、三十年から三十一年八月まで、わずかの期間、総監をつとめ、五十九歳で現役を去っている。

この人は農家の出身であるが、岡山藩侍医から陸軍に出仕し、西南戦争に従軍、田原坂などの激戦に医療救護の偉功があった。その後、広島鎮台軍医長、二等軍医正となり、大阪鎮台軍医長、一等軍医正をへて、東京衛戍病院長に栄進した。

医師としての技量にすぐれ、当時、軍医は軍人だけでなく、一般の人も診療していたのだが、石坂大明神という幟を立てて民間人が門前に押しかけ、診療をもとめたといわれているほどであった。

日清戦争では、第一軍の軍医部長として出征し、朝鮮から鴨緑江、大連、満州奥地と転戦した。

さらに台湾征討軍にくわわり、北白川宮能久親王の薨去をみとったのもこの人である。その功により男爵を授けられるという恩典も拝辞し、短い期間で総監を辞職して、さっさと伊豆の別荘にひきこもってしまった。総監辞職の理由は考えられず、謎とされている。

この人の在任中、陸軍武官などの改正により、在来少将級であった軍医総監が、中将相当官に昇格している。

七代目が小池正直で、三十一年八月、はじめて東大出の医学士さまが総監となったわけである。この人は明治十四年七月四日に、八代目の森総監の同級生として東京大学を卒業している。

明治十年から陸軍の第一回軍医生徒（依託生）だったので、卒業前の六月二十六日に陸軍軍医副（中尉）に任官、森の陸軍入りのときには、その推薦文を書いている。この中で、森を同級生最年少の秀才として激賞するとともに、卒業成績がトップクラスでなかったのは、外科の外人教官シュルツェににらまれたからだと弁護している。

この推薦文が効を奏して、森は同年の十二月十六日付で軍医副となっている。同級生であるため、小池と森はよく比較されるが、経歴からみると、前者は医務局、後者は軍医学校の勤務が多い。

前記のように、陸軍入りが半年ばかりはやいため、先任者である小池が、森より先に七代目の総監となったのであろう。

森は小池が総監になった直後の異動で、小倉の第十二師団軍医部長に左遷されたと日記に書いている。そのため、小池は悪者のように森ファンから見られているが、けっしてそのような人物ではなく、人事の公平無私と、進級競争の弊を説き、在職軍医の開業禁止の内訓を出すなど、立派な人である。自分の後に森を総監に推したことからも、とくに森を目の敵にしたとは思われない。

この人の在任中の大事件は日露戦争で、野戦衛生長官としての役を立派になしとげてから森に総監をゆずっている。

八代目の森林太郎は、明治四十年十一月から大正五年まで総監をつとめるのであるが、彼については、項をあらためてのべよう。

森林太郎軍医学校長

「余ハ石見人森林太郎トシテ死セント欲ス。宮内省、陸軍皆縁故アレドモ生死別ルル瞬間、アラユル外形的取扱ヒヲ辞ス。森林太郎トシテ死セントス。墓ハ森林太郎墓ノ外、一字モホル可カラズ」と遺言して死んだ森林太郎は、世人には、『即興詩人』『雁』『高瀬舟』などを書いた鷗外として有名である。

しかし、鷗外とは内職（?）のペンネームであって、本職はレッキとした陸軍の軍医である。六十一年の生涯のうち、三十五年間を陸軍に奉職して精励恪勤、最高位の軍医総監までなっている。

彼は明治十四年、十九歳と八ヵ月という異例の若さで、東京大学医学部を卒業している。これは七年、第一大学区医学校予科に入学するさい、年齢不足なのを二歳サバを読んでいたからである。

同年十二月、陸軍軍医副（中尉）として軍に入ったがそのさい、つぎのようなエピソードがのこっている。

森の東大卒業の序列は二十八名中八番で、これでは文部省の留学生となる可能性が絶望で、西欧留学をめあてに陸軍に入ったといわれている。

この八番になった理由には、卒業の前年、胸膜炎をわずらったことや、試験中、下宿の火事によるノートの焼失、前にのべたシュルツェ教授からにらまれていたことなどがあげられており、実力では、もっと上位になるものと、本人も思っていたらしい。

彼を陸軍に推薦した同級生小池正直は、東大での序列が森について九番であったが、前述の理由により、森より先に軍医総監になっている。森は希望どおり、明治十七年八月から二十一年まで、陸軍衛生制度および軍陣衛生学研究のためドイツに留学している。

森がドイツより帰国した後、当時のドイツの陸軍軍医について書いたものがあるので、二、三紹介してみよう。

「ドイツの軍医は軍人社会より、医者の社会に、より緊密に交際している。軍人社会でも兵種によってことなり、砲兵、工兵、電信隊のような技術系の将校は軍医と親密で、歩兵や騎兵の将校とはくらべものにならない。また、近衛の歩兵、騎兵将校には貴族が多く、べつに一社会をなしていて、

軍医をうとんずることもっともはなはだしい」

「軍医の願望は陸位叙勲だけで、ようするに衣食の計にすぎない」

「軍医の遊びはこれといってないが、ひまなとき、トランプをもてあそぶ者が多い。手本とするには当たらない」（森は謹厳実直で、この種の遊びは不得意だった）

「ドイツ軍医のなかでもサクソン族（ゲルマンの一支族で、北部ドイツに住む）の行動が、もっとも武士らしく、紀律正しく、威厳に満ちていてよろしい」

「軍医は公務に服してない間でも、軍服をとらない。単に宴会などのときだけでなく、家にいてもそうである。この点がドイツの軍医とイギリスの軍医のおおいにちがうところである」（森もドイツの軍医にならない、平常、家にあっても軍服をつけていたという）

以上をみると、軟派の多い文学人とはことなり、森はどうも、コチンコチンの謹厳居士であったことがわかる。森の軍歴で異例なのは、隊付軍医をしていないことで、陸軍入りからドイツ留学までは、東京衛戍病院付と軍医本部付、留学から帰ると、すぐ陸軍軍医学校教官となったので、隊付の経験はまったく見られない。

しかし、日本では経験していないが、ドイツ留学から帰国する直前に、四ヵ月ばかりプロシヤ近衛軍団歩兵第二連隊第二大隊の隊付医官をつとめている。

その前年、カールスルーエで万国赤十字社の総会があり、石黒忠悳が行っているので、彼が隊付の経験を森に命じたのであろう。帰国のさい、石黒と森はいっしょだった。

明治二十六年、森は三十一歳で一等軍医正（中佐）に進み、第一回目の軍医学校長となっている。そして翌年、日清戦争がはじまると、第二軍軍医部長として出征、帰還して一時、台湾総督府陸軍局軍医部長に任じられたが、二十八年十月東京に戻り、原職の軍医学校長となった。二十九年より陸軍大学校教官を兼務し、三十一年十月より近衛師団軍医部長兼務。このときは大佐相当の新制度の一等軍医正。三十二年に東京を去って小倉第十二師団の軍医部長となったが、三十五年、東京にもどって、第一師団の軍医部長。日露戦争で第二軍軍医部長として出征、三十九年一月、凱旋すると、八月に第一師団軍医部長にもどり、またまた軍医学校長を兼任した。このときは軍医監（少将）である。

合計、なんと七年も軍医学校長の職にあり、この珍記録は、その後、終戦で陸軍が解体するまで、だれにも破られていない。

戦争論と鷗外

明治三十二年六月、森は陸軍軍医監（少将）に任じられ、小倉第十二師団軍医部長として転出することを命じられた。

階級は上がるが、近衛師団から小倉第十二師団では左遷であるとうけとめ、森軍医監は、いったんは辞職の覚悟をきめた。しかし、友人や母の意見を聞き、気をとりなおして小倉に赴任している。

中央での勤務が長かったので、左遷の気持が強かったようだが、どんな組織でも、エリートコースの人間を、一度は地方勤務の経験をさせるのは当たり前であろう。隊付勤務の件も同様で、ドイツでたった四ヵ月というのでは、軍医のトップになる者にとって、むしろ経験不足といえるかも知れない。

嫌って行った小倉での三年間の生活は、森軍医監にとって、かならずしも悪くなかった。彼はこの逆境を、むしろプラスに転化するよう対処した感がある。

『審美綱領』『審美新説』『審美極致論』などの著作のほか、『即興詩人』の翻訳を完成し、小倉周辺の文化人であるドイツ語学者・福間博、曹洞宗の学僧・玉水俊虠らとの出合いと交流も生まれた。また、この時期、フランス語やサンスクリットの学習をはじめる時間的余裕もできた。

小倉での独身生活は、再婚によって幕を閉じる。相手は判事の娘で二十二歳、評判の美人だった。ともに再婚だったが、友人に送った手紙にも、「好イ年ヲシテ、少々美術品ラシキ妻ヲ相迎へ、大イニ心配候処、万事存外都合宜シク、御安心下サレ度ク候」と書いていて、喜びにあふれている。

しかし、小倉に赴任して、古武士的気質の井上光師団長や山根武亮参謀長に信頼されたことは、なによりの喜びであったろう。

本職の軍医としての仕事のほか、なんと、兵科の将校にたいして、ドイツ語の原本を片手に、クラウゼヴィッツの「戦争論」の講義をしているのだ。これは、第十二師団司令部で、「戦論」という本にしている。ドイツに留学していたのだから、ドイツ語の本など朝メシ前であったわけだ。

戊辰戦争のときに、医者であった大村益次郎が、東征軍の参謀として活躍しているのも、独学でオランダ語で書かれた兵学を学んでいたためであるし、幕府軍の大鳥圭介も、医者であって歩兵奉行、実戦むきの司令官ではなかったが、部下の負傷を治療しながら、各地に転戦している。

もしも、森がこの「戦争論」の知識をもって、その後におこった日露戦争に参謀長にでもなって参加したら、どんなことになったであろうか。

たとえば、森は実際には第二軍の軍医部長として日露戦争に出征しているのだが、乃木大将の第三軍の参謀長に

でもしたら旅順攻城戦でどんな戦さをしただろうか。あんな力攻につぐ力攻で、兵力を消耗するようなことはしなかっただろう。そんな気がするのは、私の妄想であろうか。それとも、乃木将軍も文人だったから、二人で詩ばかりつくっていて、本業の方の戦さは、おろそかになったかもしれない。

　明治四十年、四十五歳にして最高の軍医総監（中将）に進み、軍医学校長から陸軍省医務局長となるのであるが、軍医在職中の業績として大きいのは、軍医学校教官時代の著作である『陸軍衛生教程』だろう。これはなんと、全二十六編におよぶ厖大なもので、軍陣衛生学の教科書の嚆矢となった。

　また、それまで西洋にまねてパンだった兵食を、日本古来の米食にきめたのも森軍医総監だった。

　医務局長としては、陸軍軍医団の設置（軍医団長は医務局長である軍医総監がかねる）、腸チフス予防接種の断行、脚気予防調査会の設置などがある。

　一方、文筆の立つ人であったから、陸軍部内、医学界や一般に用いられた多くの新字句を生み出した。○○的の「的」「性病」「喝《えつ》病（日射病）」「業績」「勃起」などがそれである。

私が陸軍で森林太郎の名を見たのは、たしか「調剤教程」という本の内扉で、「明治四十一年　陸軍省医務局長　森林太郎」とあったので、ずいぶん古いものが使われているのに驚いたのである。また、調剤とは四十年たっても進歩しないのだろうかと、医学界の進歩と比較して、あきれたものであった。

そもそも陸軍の薬は、野戦用にできているので、すべて錠剤だった。当時、民間では、薬の吸収をよくするため、散剤や水剤が普通だったが、野戦に天秤を携行するのは不適当なので、「調剤」とは、この錠剤を乳鉢に入れてすりつぶし、散剤とするだけのことだ。これでは、四十年たっても変わらないのも道理で、森総監時代の教程が改訂されないゆえんであった。

また、錠剤は一回分が一錠になっていて、軍隊には小児はいないのであるから、軍医はいちいち年齢に合った薬の分量をおぼえる必要がなく、たいへん便利で楽だった。

色盲表の石原忍

石原忍軍医少将の色盲検査表は有名で、日本人はみな、この色盲検査表で学校の健康診断をうけたし、男なら、徴兵検査をうけたことを思い出すであろう。

この石原という人は、陸軍軍医学校の軍陣眼科学の教官から、東京帝国大学教授になった

という異色の人物で、大正十一年から十五年まではでは、この二つの職を兼務していたのであるから、まことに驚き桃の木山椒の木である。

石原家は尾張藩の藩士で、父氏基は陸軍教導団（下士官の養成所）出身の砲兵将校であった。

石原が旧制第一高等学校に進学するさい、当時、一高は一部というのが法文科、二部が理工科、三部が医科と分かれていた。石原は天文学志望だったので、二部に入ろうと父に相談に行ったところ、父は次のように答えたという。

「天文学も面白いだろうが、将来、生活にこまることになりはしないか。

私にもときどき仕事がいやになって、やめてしまおうかと思うときがある。しかし、やめてしまったのではおまえたち子供の教育もできなくなるから、我慢してやってきたわけだ。

ところが、私の部下に軍医がいるが、その男は、もういい加減でやめさせていただけませんか、などと平気でいってくる。私にはじつにうらやましい。

医者なら軍人にもなれるし、その勤めがいやなら開業することもできる。その点、自由でよいと思うが、医者になったらどうか」

つまり、ツブシがきくというのだ。

石原は患者にお世辞をいう開業医にはなりたくないが、軍医ならいいかも知れないと考え

なおして、一高三部に入学し、つづいて東大医学部へと進学した。

東大を卒業したのが、日露戦争直後の明治三十八年十二月で、ただちに軍医を志願して、見習医官となって近衛歩兵第二連隊に入隊、三十九年の五月に二等軍医（中尉）に任官している。この連隊は、前にも述べたように、私が最初に入隊した連隊である。

このころは、軍医となっても正規の軍隊教育をうけず、万事、見様見真似でやっていたようで、正式に教えてもらったのは敬礼の仕方ぐらいであった。したがって、脚絆もうまく巻けず、集合に遅れて、連隊長から大目玉をくらったことがあった。

また、演習で連隊から習志野まで行軍するのに、軍医は後ろから、はなれてついて行けばよいのでたすかったが、当時、士官候補生として在隊中の朝香宮鳩彦親王殿下は、列中にあるので、黄塵を浴びながら、顔も手も泥だらけで歩いていったのが印象にのこっていると書いている。このとき、石原は父の言葉を素直に聞いたことに感謝していたであろう。

石原は、まだ、眼科を専攻していなかったが、こんな泥まみれの兵たちが、よごれた手で目をこするのを厳しく戒め、初年兵教育の当初から、「目に手をやるな」とくり返し教え込んでいた。

明治四十年、東京第一衛戍病院付となり、外科病室と手術室の勤務であったが、ここのレントゲン装置はわが国はじめてのもので、現在のような防護装置がなかったので、石原がここに勤務していた間は、ついに子供ができなかった。

そのころ、陸軍で眼科専門の軍医が必要となり、時の医務局長森林太郎の命により、石原は母校東大の大学院にもどり、二年間、眼科を専攻することになる。そして、陸軍軍医学校の教官となったが、大正元年、森医務局長の見送りをうけてドイツに留学する。

留学中に第一次世界大戦がおこり、ドイツは敵国となった。そこで、やはりドイツにいた東大同窓の三浦政太郎およびその夫人で、オペラ歌手の三浦環らとはかって、いっしょにロンドンに脱出した。

ふたたび軍医学校にもどった石原は、徴兵検査用の色盲検査表を、色盲である同僚の軍医の協力を得て完成した。軍用のものだから、「大正五年式色神検査表」といういかめしい名前がついている。

のちにおなじ原理で、カタカナによる「日本色盲検査表」や、数字をつかった「学校用色盲検査表」がつくられ、これらが一般に用いられるようになるのである。

昭和四年、オランダのアムステルダムで、第十三回国際眼科学会が開かれた。このとき、色覚の国際的検査法の一つとして石原表が指名されて、その世界的評価が確定したのである。

このように、軍医学校の学問的水準は、当時、かなり高かったようで、石原が東大教授に指名されても、すこしも不思議ではなかったのである。ほかにも、軍医で帝国大学教授となった人が数人いる。

厚生省の小泉親彦

終戦のときに、多くの陸海軍将官の方々が、責任をとって自決した。陸軍は三十一名、海軍は六名であるが、このうち兵科以外では、軍医中将、法務中将、法務少将の各一名で、合計三名だけである。この軍医中将の一名というのが、小泉親彦である。

昭和十一年といえば二・二六事件がおきた年で、軍部が主導権をとり、政党が無力化し、国防国家の方針がきまったころであるが、七月の閣議に、時の陸軍大臣寺内寿一は、壮丁および兵士の憂うべき状態を指摘し、保健国策樹立の必要性を提唱して、「衛生省」の新設を主張した。

この案をつくった影武者が、時の陸軍省医務局長だった小泉軍医総監なのである。

兵力の根源である壮丁の体位は、年々低下し、大正十一年、壮丁千人のうち、甲種は三百六十二名だったのが、昭和四年には三百名、昭和十一年には二百九十七名となっていた。逆に丙種は、大正十一年に二百十六名、昭和四年には三百五名、昭和十一年には三百十八名と増加していた。

また、結核死亡率は、大正年間には人口十万にたいし、二百名をこえていたのが、昭和のはじめには百八十台に下がったが、昭和七年ごろから、ふたたび上昇の傾向を見せて、三百名を突破するようになった。

満州事変で、陸軍が二コ師団（約二万名）の兵隊を満州に送ったところ、一コ大隊に相当する約五百名が、結核を発病して帰還してしまった。

これらの現象は、英米による経済的圧迫、浜口内閣の金輸出解禁の失敗、アメリカ恐慌の余波による生糸の暴落などによって、都市、農村ともに失業者が増加し、日常生活にもこと欠く家庭が続出したことによるものである。

そこで、健兵健民政策の必要上、強力な衛生行政をおこなう主務官庁として、「衛生省」をつくることを寺内陸軍大臣が提唱したのである。

この案は、内務省をはじめ各省が、機構の不備な点をついて反対したので撤回されたが、翌年六月、第一次近衛内閣が成立すると、「保健社会省」と名前が変わって提出され、日中戦争の開始がこれに拍車をかけて、昭和十三年一月、「厚生省」という名称の下に、日の目を見るにいたった。

この名称変更の件については、年寄りの枢密顧問官たちが、「社会」という言葉を不穏当であるとし、改正をもとめたためで、中国の古典『書経』の「正徳利用厚生」からとったといわれている。

その蔡伝（注釈）に、「衣 帛食 肉不 飢不 寒之類所 以厚 民之生 也」とあるとおり、衣食を十分にし、ひもじい思いもさせず、カゼもひかせないなど、民の生活を豊かにするという意味である。

さて、その初代厚生大臣には、陸軍として医務局長の小泉を推したが、内務省の圧力で、木戸幸一文部大臣の兼任で押し切られてしまった。

しかし、昭和十六年十月、厚生省産みの親ともいうべき小泉が厚生大臣に就任すると、国民皆医療保険政策が積極的に推進され、昭和十九年には、都市をのこして、皆保険は達成されたといわれている。終戦直前までに組合数約一万三百、被保険者四千万人に達していた。

当時、健民という言葉が流行していたが、その定義について、小泉はつぎのようにいっている。

「頭がしっかりしていること、腹がよくねれていること、そして頭で考え、腹でねったことを、身体にものをいわせて実行できるような人のことである」

小泉は大正のはじめごろ、軍医大尉のころから、すでに、「厚生省」「健康保険」「保健所」の構想を持ち、後輩に、

「仕事をやるには、さきを見て仕事をせにゃいかん。目の前の仕事を見て、判断しちゃいかん。さきを見てやれ」と、指導していたというのだから、大人物である。

小泉の理想は、達成されたかに見えたが、時

すでにおそく、軍は崩壊し、健兵の夢は、はかなく消えてしまった。彼の自決の理由は、そのへんにあるのだろうが、戦後の日本国民の体位向上は、めざましいものがあり、男女とも平均寿命が世界一になったことを、泉下の小泉は知っているであろうか。

また、彼の育った陸軍省が、第一復員省をへて、彼がつくった厚生省に併合されてしまったことを、小泉が知ったら、どんな顔をするであろうか。

とにかく、いまの日本国民の健康は、小泉によってつくられたと、私は信じて疑わない。

小泉は終生独身で甥の昻一郎を養子としていたが、この昻一郎軍医少佐が、私たちの軍医学校時代の第一区隊長であった。

七十三人の軍医中将

いままで書いたなかにも、軍医の最高階級の軍医中将が何人か登場したが、この中将になった人は何人いるかというと、明治以来、七十三人もいる。七十三名のうち、二名は戦死による名誉進級で、そのうちの一名は、終戦後の戦死で進級している。

軍医中将という名称は昭和十二年の改正でできたもので、各部将校という将校であるが、それ以前は将校ではなく、将校相当官で、軍医総監という名称だった。だから、中将といったのは、わずか八年間で、総監といった期間の方がずっと長い。

総監でも、建軍から明治三十年までは、少将の相当官だった。また、佐官以下も、〇等軍医正、○等軍医という名称でよばれ、相当官だった。

この相当官のころ、兵科の将校の大礼服は金ピカであるのに、相当官は銀ピカである。この差別待遇はひどいと腹をたてて、礼服の費用だけもらい、つくらなかったという大先輩もいるほどである。

昭和十二年以降も各部将校ということで、あるていどの差別があったようだ。都合によって、将校の中に入れてみたり、除外してみたりされて、憤慨した先輩もすくなからずいる。しかし、私たちの時代には、先輩が身をもって努力してくれたおかげで、ほとんど若い将校のあいだでは差別待遇らしいものはなかった。

ただ、連隊長クラス以上の古い軍人では、むかしのことが身についていて、各部将校というのを、一段下に見る傾向がのこっていたようだ。

さて、軍医の最高地位は陸軍省医務局長で、軍医団長でもあり、戦時には、大本営の野戦衛生長官をかねることになっていた。むかしはこの地位の人一人だけが軍医総監だったが、終戦のころになると、軍医学校長も、総軍などの軍医部長も、いくつかの一等病院の陸軍病院長など、いずれも中将職であった。

例外に属するかも知れないが、例の関東軍防疫給水部の部長は石井四郎軍医中将だった。

兵科をのぞき、各部の中将をみると、軍医の七十三名はじつに最高で、つぎが経理部の主計中将の五十三名、そのつぎが獣医部の獣医中将の十五名、そのつぎが法務中将八名、ついで衛生部の薬剤中将四名となっている。

昭和十二年に新設された技術部には、中将はいないが、昭和十七年に新設の法務部に八名も中将がいるのは、従来、文官だった法務官がスライドしたのであろうが、私には法科万能、技術蔑視の日本の官僚社会が感じられてならない。

しかし、軍医にかぎっていえば、七十三名の中将は明治の建軍以来、毎年一名生まれた勘定になるので、けっしてすくない数ではない。それは山県有朋が松本良順を起用したとき、軍医の人事権もすべてまかせて以来、医務局長が人事権を持っていたからで、軍医の進級は兵科の将校よりもはやかったらしい。ところが、前に述べたように、将校相当官から各部将校になると、軍医だけが進級がはやいというわけにはいかず、人事権は人事局にわたり、進級も頭をそろえてやるようになってしまった。

どうもこのへん、将校にしてやるから、人事権をよこせという取り引きが行なわれた感じがする。

経理部などは、古くから人事権が人事局にあった。だから、主計中将が軍医中将よりすくないのであろうと想像される。

この人事権を人事局にとられるまえに、衛生部に入っていた人はたいへん有利だったわけで、そのころ、大佐や少将になっていた人は、終戦までに中将となった人が多い。

たとえば、嘉悦三穀夫という終戦の年の四月に軍医中将になった人は、大正四年の三等軍医（少尉）をふり出しに、昭和十二年に軍医大佐、昭和十六年に軍医少将となり、東部軍軍医部長となった。軍医部長会同というのが東京であったとき、陸軍大臣である東條英機大将から、

「貴様、少将になったのは、はやすぎるじゃないか」と声をかけられた。嘉悦が三等軍医のとき、同じ近衛歩兵第三連隊に東條が陸軍大学出の大尉で中隊長として勤務していたので、旧知の間柄なのである。

「あの当時、少尉と大尉。だからいま、少将と大将でいいじゃないですか」

「なにをいうか」といったやりとりがあったとかいうが、だいたい陸大卒の兵科のエリート将校とおなじ歩調で進級しているのが、兵科の人にとって、気に入らなかったのかも知れない。

しかし、この嘉悦という人は、たいへんすぐれた人で、中佐の満州国軍事顧問当時、満州国軍医学校を創設したり、大佐で中支の第十五師団軍医部長のとき、マラリア患者が多発したの

で、顕微鏡と治療薬を現地調達して、これの防疫につとめたが、これは経理上、規則違反で危うくクビになりそうになった。

終戦時は中将で、ハルピン第一陸軍病院長であったが、独自の敵情判断で、七千名の病院職員と入院患者を四梯団の列車と三十六両の自動車に乗せ、ソ連軍のハルピン侵入直前に脱出して、ぶじ博多まで帰りついている。

この一事をもってしても、けっして兵科の将官に劣らない、非凡な才能と勇気を持った人で、軍医中将になった人は、みんないろいろな面で、たいへんすぐれた方ばかりであったと思う。

西南戦争

帝国陸軍ができて、はじめて戦ったのが外国軍とではなく、西郷隆盛という、陸軍生みの親で、初代の陸軍卿（陸軍大臣）であった人に率いられた薩摩旧士族軍だったことは、なんとも皮肉なことであり、不幸なことであった。

わが衛生部も、このときにはじめて戦時衛生態勢をとったのだが、西郷軍には後方部隊軽視の思想があり、兵站部隊や衛生部隊が皆無といってよいほど、きわめて不充分であった。

この後方部隊軽視の思想は陸軍の方にもあり、この考えは、陸軍が消滅するまで修正されることがなかったのだが、軽視されても以下のべるように、衛生部は立派に仕事をなしとげている。

事件が発生するや、出征軍団にたいし、軍団病院が福岡に設けられ、軍医監林紀が軍団軍医長兼軍団病院長に任じられた。各旅団には、大・小の包帯所が設けられ、大の方は二等軍医正（少佐）、小の方は軍医（少尉）をそれぞれ長として救護にあたった。これは、のちの野戦病院に相当するものであろう。

その後、八代に軍団支病院、西郷軍をやぶって熊本城に入ると、鎮台病院を熊本軍団病院に改編して、傷病者を収容している。

長崎にも長崎軍団病院がおかれ、市内各所に多数の病舎を配している。

最後に鹿児島元医学所跡に鹿児島仮病院、のちに県庁内にうつって鹿児島臨時病院とするなど、戦局の推移とともに、みごとに衛生機関を運用している。

また、この間、戦場と化した地区では、チフスやコレラなどの伝染病の流行のきざしが見えたので、汚物の処理、道路の清掃など、じつにテキパキと行なっている。国内であったからとも思えるが、このときの松本軍医総監の指揮は立派であった。

後方病院としては、下関という主張もあったが、大阪に臨時病院を設けて石黒忠悳を病院長に任じ、前記の在九州各病院から後送されてくる患者を、全部ここに収容している。

陸続と後送される傷病兵は、多いときには一回四百名、すくないときでも二百名以上だから、たちまち正規の病舎千五百床は満員となり、約千床の木造の仮病舎を建設して収容したが、これも満員で、さらに本院の空地に十四棟も増築している。

そして、伝染病患者が後送されてくると、負傷兵とは一緒にできないので、寺院を借りて、チフスやコレラの病室としている。最終的には八千五百六十九名も患者を収容したという。

病院長は東京から駆けつけた石黒一等軍医正（中佐）で、これに、名古屋鎮台病院長の横井二等軍医正（少佐）、大阪鎮台病院長の堀内二等軍医正が副長としてくわわり、民間からも、多くの医師を登用して治療に従事させた。

当時、順天堂の外科を担当していた佐藤進は、ドイツ留学から帰ったばかりの外科手術の名手であったので、松本総監はこれを口説《くど》いて、軍医監（大佐）として大阪に送った。軍医監では、病院長の石黒より階級が上なので、佐藤を病院長とし、石黒を副院長に格下げして格好をつけ、佐藤は治療に専念し、石黒が院務を処置するというかたちをとったのである。

この当時、傷の消毒には、石炭酸水を用いる方法が最新式であった。しかし、日本では、まだ石炭酸を製造する化学工業が発達していなかったので、輸入にたよらなくてはならなかった。一方、コレラも流行したので、石炭酸はそちらの方にも用いられて品不足となり、たいへんこまったという。

しかし、この石炭酸の使用により、大阪臨時病院での傷者の死亡率は、戊辰戦争のときにくらべて、いちじるしく低下している。とはいっても、前記のように石炭酸の品不足による高騰により、費用は何百倍もかかったようである。

とにかく、佐藤によって、軍医の外科医術が格段と向上したことは事実で、これが後に日清、日露の両戦争のさいに、たいへん役立ったのである。なにごとも塞翁が馬である。

もう一人、内科の泰斗で、東京の佐々木東洋という先生が、毎日、門前市をなす自宅（駿河台）での盛業を休んで、軍務にしたがうことを志願した。軍では佐藤にならい、軍医としての階級を与えようとしたが、佐々木はそんな任官沙汰は御免こうむると、単に陸軍省御用掛（軍属）として大阪に着任した。

石黒は、ただちに佐々木を内科部長にして、治療に専念させたが、兵隊は、「いくら内科の大家でも、町の開業医に診てもらうのは情けない」といい出した。

そこで佐々木は、軍隊とは妙なところで、階級を尊ぶことは自分の予想外であるから、軍服をつけて、彼らの望みを満たしてやりたいと申し出たので、ただちに、一等軍医正（中佐）に任じて、病兵を診させたと

いう。

戦争が終わると、佐々木はサッサと軍服をぬぎ、辞表を出して東京に帰ってしまった。なんとも江戸っ子らしい、愉快な話である。軍では、これに報いるに、勲四等旭日小綬章を授けているが、これは当時としては破格の御沙汰であったと記されている。

検疫所

戦争になると、弾丸を撃ち合うわけだから、死者が出るのは当たり前である。日本陸軍最後の太平洋戦争では、約三十数万と発表されているが、負け戦さであったので、正確な数字はつかめていない。

日本陸軍最初の外征戦争である日清戦争では、この数字がきわめて正確にのこっている。勝ち戦さであり、その時代の戦闘の様相が、比較的単純であることにもよるのだろう。

まず、動員された陸軍の将兵の数が二十四万六百十六名、軍属は六千四百十五名で、このうち外征した将兵が十七万四千十七名、軍属は四千二百七十五名となっている。

さて、このうち死亡者の合計は一万三千四百八十八名で、全出征者の七・五六五パーセントにあたる。

死亡者の内訳は、つぎのようになっている。

戦死　千百三十二名（軍属十六）

戦傷死　　　　　　二百八十五名
戦病死　一万一千八百九十四名（軍属三百七）
自殺・事故死　　　百七十七名（軍属一）

戦病死者がトップで圧倒的に多く、弾丸に当たって死ぬよりも、病気となって死ぬほうが多いことがわかる。この事実は、その後の戦争でも、また外国の戦争でも、おなじような傾向としてみられるのである。

さて、戦病にはどんな病気が多かったかというと、戦病入院患者の統計では、

脚気　　　　　三万百二十六名
赤痢　　　　一万一千百六十四名
マラリア　　　一万五百十一名
コレラ　　　八千四百八十一名
凍傷　　　　七千二百二十六名

脚気がトップを占めており、赤痢やマラリア、コレラなどの熱帯病は台湾作戦で生じたもので、これも合わせると脚気と同数となっている。

台湾征討の最高指揮官、北白川宮能久親王近衛師団長は、マラリアで亡くなられている。宮様であっても発病されたくらいだから、一般将兵も罹病者が多かった。地域別にみると、戦病患者は、つぎのようになっている。

韓国　　　二万五千名

清国　九万六千名
台湾　八万二千名

主戦場ではない台湾で、意外に損害が大きいことがわかる。

右のような事実は、はじめての外征で、兵要衛生地誌などがなく、風土病が不明であったこと、輸送不備による食糧の不足、極悪な野戦環境、衛生教育の不充分などの要素が重なって、多くの戦病患者が出たものと思われる。

明治十七年、日本陸軍の要請により、戦術の指導に来日したメッケル独軍少佐によって、二十年に戦時整備表というのがつくられ、そのなかに野戦衛生機関として、衛生隊、野戦病院、兵站病院などの名称、組織、任務が明確にされている。

日清戦争の前年、これが戦時編成として制定され、この日清戦争ではじめてこれら野戦衛生機関が編成され、活躍したのである。

しかし、要員の充足がままならず、一コ師団で六コあるはずの野戦病院が、実際には二〜三コ編成されただけであった。

これらの野戦衛生機関は平時にはまったくない部隊で、戦時にのみ編成され、復員により解散し、消滅してしまうのであるから、平時にもある歩兵部隊などの兵科部隊とことなり、世間の目にふれることはすくなかった。

しかし、前に述べたような、多数の傷病将兵のために、大活躍したことは、特記されてよいであろう。

とくに威海衛の戦闘で、第二師団が一時利あらず退却したとき、歩兵が一兵のこらず退却してしまったあとも、衛生部員は平然とのこって、救護と後送作業をしているのを見た英国の従軍観戦武官テーラー軍医正は、その報告書のなかで特筆大書して、賛辞をのべている。

また、石黒総監の提案で、宇品港外の似島に検疫所ができたのもこの戦争のときである。伝染病の巣窟ともいえる戦地から、病毒を内地に持ち込まれては、戦争よりも大害をきたすおそれがあるというので、帰還兵全員をここで消毒したのである。

児玉源太郎陸軍次官がみずから長官となり、後藤新平を起用して、次長として実務を担当させた。この二人はのちに、台湾総督と台湾民生長官のコンビとなって、台湾に赴任している。

この検疫所は、その後の戦役のさいにも使用され、終戦までつづくのだが、検疫の実態を書いてみよう。まず、約一コ中隊（約二百名）を控室に入れ、そこから廊下を歩いていくと、石炭酸水を満たした箱船があり、そこを靴のままザブザブとわたって、その先で帽子、靴、皮具などをぬいで名札をつけて棚のうえに置き、つぎの控室に入る。

そこからさらに廊下をすすみ、着衣全部をぬぎ、浴場に入る。浴場は一つが海水、一つが淡

水で、その順序に入り、各人、新しい手拭と石鹼を支給される。

風呂から上がると、新調の浴衣と帯が配付され、理髪場に入って散髪する。

さらに進むと、一室に四、五十名収容する控室があり、机上の花瓶には美しい生花が生けてあり、新聞、雑誌、茶菓、うちわなどが置いてある。

衣服、装具類の消毒がすむと、それが小車に乗って到着、浴衣を軍服に着がえて、一丁上がりという具合になっている。

この検疫所をへて、はじめて将兵はなつかしの故郷に帰ったのである。

衛生兵、前へ

日露戦争になると、日清戦争とはスケールがことなり、戦死者の数は四万六千四百二十三名、患者数は百六十六万八千七十六名で、そのうち戦傷が十五万三千六百二十三名であるから、このときも戦病が戦傷の約十倍となっている。したがって、日清戦争における衛生的戦訓が生かされているとは思えない。

この戦争での病気は、南方作戦がないので、つぎのようになっている。

胃腸炎	十六万七千名
脚気	十六万一千名
腸チフス	二万四千名

マラリア　一万二千名
赤痢　一万名

胃腸炎と分類されているのは飲料水の水あたりなど、下痢ていどのものであったらしい。

この戦争では、〝征露丸〟というイキな名前橅《ぶな》の木より製したクレオソートを主剤にした丸薬を兵隊に支給してあったが、これでは、あまり効果があったとはいえない。テレビでときどきラッパのマークの〝正露丸〟というのがコマーシャルに出てくるが、日露戦争からつづいているとすれば、なんと息の長い薬だろうか。

さて、この戦争では戦死傷率は八・九パーセントであり、なんといっても第三軍の旅順要塞攻撃による損害が最大であった。

この戦争における兵科別の死傷率がわかっているので紹介しよう。

歩兵	十四・六パーセント
工兵	六・四パーセント
砲兵	三・二パーセント
衛生部	一・八パーセント
要塞砲兵	一・七パーセント

騎兵　　　　一・五パーセント
輜重兵　　　〇・二パーセント
獣医部
経理部　　　〇・一パーセント以下
憲兵

旅順要塞の攻城戦で、歩兵のほか、工兵の死傷率が高かったのが特徴的であるが、それにしても、わが衛生部の死傷率が四番目という、かなり上位にあることは、意外に思われるであろう。

「衛生部員なんて、後方にいるのだから、死傷率は低く、安全だろう」と考えている読者がいるかも知れないので、ここでそうでないことを記しておこう。

もちろん、後方の病院勤務であれば、比較的安全だが、隊付の衛生部員は、第一線の救護に従事しなければならない。

第一線でタマに当たった負傷者がでると、

「軍医前へ」「衛生兵前へ」などの逓伝が後方へつたわってくる。負傷者がでるくらいだから、タマは雨霰と飛んでくる。

兵科の将兵も伏せをして身動きができないでいるときに、衛生部員はイヤでも負傷者の手当をするため、前進して行かなければならない。したがって、隊付衛生部員にタマが当たる率が多くなるわけである。

「安全だから軍医や衛生兵になったのだろう」などと考える人が、読者のなかにいるかも知れないので、この点を強調しておく。

私の旧制中学時代の学校教練の先生は、旅順攻撃隊の歩兵の生きのこりで、負傷した当時の状態を、両手で足をかかえて実演して見せてくれた。

演技でなく、本人の体験を再現しているのだから、真に迫っていた。

そして、有名な第三軍司令官乃木大将作の七言絶句の漢詩「爾霊山」を示して、どう読むかを問うた。

爾霊山険豈難攀
男子功名期克艱
鉄血覆山山形改
万人斉仰爾霊山

この転句（第三行目）は一般に「鉄血山を覆《おお》いて、山形改まる」と読まれ、詩吟でもそのように吟ずる人が多いが、この先生は「鉄血山を覆《くつがえ》して、山形改まる」と読ませた。それでなければ、あの場面の形容にはならないといった。

なるほど、「覆」の字にはどちらの訓もあるが、やはり私にも、この先生の主張の方が正しいような気がする。そして、負傷して衛生部員の顔を見たときは、仏に会った気がしたことであろうと思う。

大君の任《まけ》のまにまにくすりばこ

もたぬ薬師《くすし》となりてわれ行く

日露戦争に第二軍軍医部長となって出征した森林太郎は、宇品を出港するとき、右の歌を詠んでいる。軍の軍医部長という後方勤務であっても、奉天進出までの間に、一度、死を決する覚悟をした場面があったということである。

脚気と軍隊

脚気は明治から大正にかけての軍隊において、もっとも罹患率の高い病気だった。軍隊だけでなく、東京近郊で、東京に奉公に出た貧しい農家の子供たちが、白米を食べて脚気になり、働けなくなって帰されたのを「江戸わずらい」といったという。大阪では、「大阪腫れ」とよばれている。

明治三年、大阪で諸藩士を徴集してつくった陸軍内で脚気にかかる者が多く、四年夏にはさらに増加したので、当時、軍病院統督の緒方惟準は、数十名の重症患者を有馬温泉に転地療養させている。

海軍でも明治四年、ロシアとの樺太問題の全権を乗せた軍艦で、帰路、乗組員の過半数が脚気にかかり、函館に臨時寄港して、仮病舎を建て、患者を収容、療養させなければならないことが起きたりした。

明治六年ごろより陸軍は脚気病院を設立したが、多発する脚気にたいして、予防はもちろん、治療の方針すらたたなかったのである。

日清戦争では、出征兵士千名のうち百八十名、総患者千名のうち百四十五名が脚気であった。ところが、日露戦争になると、もっと多発し、総傷病者の四分の一、総病者の二分の一が脚気患者だった。この数字はまさに世界新記録である。

これより先、前に述べたように海軍でも軍艦が遠洋航海に出ると脚気が多発したが、明治十五年、高木兼寛海軍軍医総監は各艦ごとに脚気病調査会を設置して、患者の発生、気温、湿度、労働、食物などをくわしく記録させた。その結果、患者の発生率が艦船によって差のあることから、原因が食物にあるらしいことがわかった。

そこで、当時の衛生学の指針により、蛋白質と含水炭素の比を問題にし、研究の結果、窒素と炭素の比を一対一・五にした食事がよいことがわかってきた。そこで、明治十八年から米麦混合の食事にしたところ、脚気の発生は年を追って減ってしまった。

途中の理論は、いまや噴飯ものだが、結論は正しかったのである。

しかし、当時、日本の医学界の指導勢力はドイツ医学であり、イギリス医学を学んだ高木兼寛は孤立しており、この脚気予防対策は反対され、黙殺されてしまったのは残念でならない。

一方、陸軍では西南戦争の経験から、つぎのような予防策を立てている。
一、清潔第一。室内土足厳禁。
二、脚絆をといて、足の緊迫をのぞく。

三、腰をかけて、足を下げないこと。

四、日中、暑いときは演習をさけ、涼しい時間におこなう。

脚気の原因はビタミンB_1の不足であるから、見当ちがいもはなはだしい。これでは、脚気が減るはずがなかった。

明治十七年、森林太郎がドイツに留学するさい、軍陣衛生学のなかでも、とくに兵食を研究してくるように命令されていた。ところが、彼が持ち帰ったのはカロリー栄養説で、パンより米の方がカロリーが高いとするだけのものであった。

しかし、現場の隊付軍医からは、どうも米麦混合食の方が、脚気予防に好ましいようだとの声が上がってきた。そこで、安い麦などの雑穀をまぜて余剰金がでたら、栄養価の高い副食を増やしてもよろしいという省令を出し、その実施は、各部隊の自主性にまかせることにした。

その結果、二十四年までに全陸軍が米麦混合食となり、平時の脚気発生率は、年を追って減少していったのである。

ところが、戦時になると、戦地に二種類の主食を輸送することは、実施上、困難という理由で、純米飯としてしまった。このことが両戦役で脚気が多発した原因なのである。

それにしても、日清、日露とおなじ轍をふんでいるのはどうにもいただけない話である。ちょうど奉天が陥落した明治三十八年の三月十日に「満発第二〇〇〇号、出征部隊麦飯喫食ノ訓令」というのがでている。

「出征軍人ニハ脚気病予防上、麦飯ヲ喫食セシムルノ必要アリト認ム。依テ時機ノ許ス限リ、主食日量精米四合換割麦二合ヲ以テ給養スルコトニ努ムベシ」

これが日露最後の会戦に出されたのでは、あまりに遅すぎたというべきであろう。

日露戦争後も、脚気の原因が不明であったのには変わりなかった。ついに四十二年、陸軍省医務局長・森林太郎を長とし、軍（陸、海）官民一体となって、臨時脚気病調査会が発足している。当時、明治十八年に緒方正規がドイツから帰って発表した脚気菌が原因であるとする細菌説（伝染病説）は、多くの大学者の支持をうけていた。

一方、一八九七年（明治三十年）バタビアで脚気を調査したオランダ軍医エイクマンは、白米中に毒素があるとする中毒説を発表し、おなじ調査でエイクマンの協力者であったグレインスは、ある種の栄養成分の欠乏によるという栄養欠乏説を唱えるなど、学界は混沌としていたのである。

脚気病調査会は、これらを調査した結果、四十二年二月、一応、中毒説にちかい結論を発表している。

明治四十三年、鈴木梅太郎博士が、米ヌカの成分からビタミンB_1を発見し、その後、数人の調査会委員の追試で、ビタミンB_1の欠乏により脚気が生じるという結果となり、大正十四年四月に、やっとこの調査会は解散している。

この間、脚気は日本の一大国民病の王者として君臨し、大正十二年、死亡率（人口十万にたいし）四十四・四六名というピークに達しているのである。

第一線の救護

歩兵の大隊本部には、通常、高級軍医と次級軍医の二名の軍医が勤務している。戦時と平時とにかかわらず、部隊の衛生勤務に関して、計画、調査、指導およびその実施を任務としている。

予期する戦闘が開始される前になると、そのうち一名の軍医は、衛生下士官以下数名の衛生兵とともに隊包帯所というのを開設する。むかしの本を読むと、仮包帯所という名前で出てくるのがこれである。なるべく第一線にちかいところで負傷者の救護にあたる、衛生機関の最尖端といえよう。

負傷者は、まずここで手当をうけ、野戦病院、兵站病院、外地の陸軍病院、内地の陸軍病院の順で後送されて行くことになっている。もちろん、軽傷であれば途中の病院から退院して、原隊復帰となる。

さて、もう一人の軍医はどうするかというと、大隊本部にあって、大隊長のそばにぴったりと付き添っている。臆病な大隊長だと、負傷したときに備えて、片時も軍医をはなさないのがいたそうだ。

日清戦争のときの木口小平のように、死んでもラッパをはなさなかったラッパ手なら立派であるが、片時も軍医をはなさない大隊長では、サマにならなくて、兵隊たちの嘲笑を買うだけであったろう。

大隊本部より前線の中隊には、指揮班のなかに衛生兵が数名いるだけで、小隊以下には衛生部員は一人もいない。したがって、前線で兵隊が負傷をすると、軽くて自分で包帯できれば自分でし、それが不可能なら戦友または衛生兵をよんで、包帯をしてもらわなくてはならない。

そのため、兵隊は初年兵のときに軍医から「救急法」の教育をうけることになっている。そして、出征のときには、各人、包帯包というのを支給されて、それを軍服上衣の左下についた内ポケットに納めてあるのだ。

包帯包の内容は三角巾一枚と消毒ガーゼが二枚で、負傷したらタマの当たった入口と出口に一枚ずつ消毒ガーゼを当て、三角巾でしばって出来上がりである。この状態で隊包帯所までさがってくる。

自分一人で歩けない場合でも、なるべくおなじように負傷した者と助け合ってさがるのである。負傷していない戦友に助けてもらうわけにはいかない。

ピンピンした身体の者がさがると、戦場離脱という陸軍刑法が待っているからだ。ただし、中隊長が補助担架兵に命令を下した場合は、このかぎりではない。

この補助担架兵というのは、担架で患者をはこぶ特別の教育を衛生部員からうけたもので、普通の戦列の兵隊のなかから、とくにえらんで平時に教育しておくのである。

衛生兵は、鉄砲は持たずに包帯嚢という皮のカバンを携帯している。そのなかに、前述の包帯包の予備やヨーチンなどの衛生材料が入っているので、一つの包帯包ではつつみきれないような大きな傷の場合には、衛生兵をよんで手当してもらわなくてはならない。

「衛生兵、前へ！」である。

負傷者が将校のオエラ方になると、これが、

「軍医、前へ！」となる。

軍医は軍医携帯嚢という、小外科セットと強心剤、鎮痛剤などの注射液と注射器などの入った小さなカバンを携行しているし、衛生下士官は医療嚢という、衛生兵の包帯嚢の内容よりすこし高級（?）な衛生材料が入った皮カバンを携行している。

隊包帯所には、隊医极《たいいきゅう》、ガス医极という衛生材料がいっぱい入った箱があり、これらを用いて、骨折患者にたいしては副木をつけ、出血多量の患者に対しては止血帯をしたりする。

輸血が必要でも、ここにはその用意はない。隊包帯所は病院ではないので、ここに負傷者を収容しておくわけにはいかない。

手当の終わった患者は、すぐになるべくはやく後方の野戦病院に送ることになる。

このように、第一線の軍医がいそがしいときは激戦であり、部隊が軍司令官などから感状や賞詞を授与されることが多い。

そうすると、それに関連して、軍医でも、殊勲甲とまではいかないが、殊勲乙ぐらいの功績が認められ、金鵄勲章が授与されることがあった。私の先輩の現役軍医のなかには、かなり金鵄勲章を持っている人がいた。

野戦病院

野戦病院という名は、陸軍の病院のなかで、その名がもっとも世間に知られているものである。野戦で負傷したり、病気になった将兵をいちばん先に収容する病院だから、ここで適切な治療をうけられないと、命がなくなってしまうという大切な病院である。

野戦病院というと、看護婦さんやナイチンゲールのイメージの方が、軍医や衛生兵よりもつよく感じられる。

今でも看護学校に入学すると、半年ぐらい看護婦としての適性を観察された後、戴帽式といって、看護帽をはじめてかぶる式があるが、帽子をのせた後、会場を真っ暗にしてキャンドルサービスというのをやっている。これはナイチンゲールがクリミヤ戦争の野戦病院で、手に持ったローソクの灯りで、傷兵の病状を見まわった事実に由来するといわれている。

さて、野戦病院というのは平時にはなく、戦争が始まって、師団に動員が下令されると、第一から第四までの四つの野戦病院が編成される。ただし、四つ完全にそろっているのは原則であって、しばしば欠けている場合があった。

たとえば、マレー作戦やスマトラ駐留で働いた近衛第二師団では、第一と第四の二つの野戦病院だけで、とくに警備が専門の師団などでは、一つもない場合すらあったらしい。省エネルギーとおなじ思想で、ムダなものははぶいたのであろう。

第一から第四にとんでいるのは、どんな理由からかというと、第四と名のつく病院だけがレントゲンの器械を装備していたからである。

現代医学では、レントゲン写真はきわめて大切で、全部の野戦病院に装備した方がよいにはきまっているが、予算と輸送の面で、このようにきめられたのだろう。電気を容易に得られる場所に病院を開設するとはかぎらないので、自家発電機も持って行かなければならないから、重装備となってしまう。

この第四野戦病院は、つねに、もっとも戦闘が激しく、負傷者が多発すると予想される方面に配置され、用いられたのである。

野戦病院の編成は本部、発着部、治療部、病室部、薬剤部、行李班に分かれ、衛生部将校が二十名前後、衛生下士官・兵百二、三十名、これに主計将校以下数名、輜重兵八十名ぐらいがくわわって、二百数十名となる。これが場合によっては、第一半部と第二半部の二つに分割して、仕事ができるような編成と装備をもっているのである。

本部は指揮の中枢で、人事、功績、記録、経理、被服、炊事を業務とし、部隊長である病院長と、庶務主任以下三十名ぐらいで編成されている。

発着部というのは主任の軍医以下二十名前後で、患者の収容、後送、入退院の事務連絡、患者の兵器保管、屍の処理などをするが、衛生兵にとって、小銃の手入れは馴れない仕事なので、軽症患者に応援をしてもらって行なうと、本職だから、はやくしかも綺麗に仕上がったと、要領のいいちゃっかり野戦病院もあったようである。

治療部は軍医以下の衛生部員で約五十名。もっぱら手術や外科的な処置をするのが任務である。

病室部もほぼ同数の衛生部員で、こちらは入院患者の治療をおこなう。病理試験室という検査室部門もここに属している。

薬剤部は、薬剤将校以下十数名で、衛生材料などの保管、支給や製剤、調剤を受け持っている。

行李班は、輜重兵の下士官以下数十名で、部隊の輸送、他部隊との連絡や警備を任務としていた。

部隊で小銃を所持するのは、この行李班の輜重兵だけであったが、行動中や病院開設中に敵襲をうけた場合、この行李班と、患者からあずかって保管中の小銃を持った衛生兵を、軍医が指揮して戦わなければならなかったようだ。

私たちが歩兵部隊でうけた教育も、このような場面を予測して、小隊長ぐらいの戦闘指揮能力を持たせるためであったと思われる。

野戦病院は、一つの患者収容能力は、約五百名となっていた。患者数がそれ以上にならないうちに、後方の兵站病院へ患者を移送しなければならない。

また、野戦病院は作戦の進捗にともなって移動する場合があるので、あまりたくさんの患者をかかえていると、移動が困難となる。とくに、重症患者は極力、後方の病院へ移送する必要があった。

この患者後方移送の任にあたるのが、患者輸送隊とよばれる部隊である。

野戦病院は戦況に応じ、半分にしてつかわれることがあった。二百五十名収容の病院が二つ開設できるよう、編成や装備を最初から区分してあって、「第一半部」「第二半部」とよんだ。

一方を病院長みずからが指揮し、一方は半部長とよばれる最先任の軍医が指揮した。師団の作戦命令のなかにも、よく、この半部という言葉が出てくる。

野戦病院は、病院と名のつく中で、唯一、弾の音がまぢかに聞こえる病院であることを、強調しておきたい。

衛生隊

昭和十三年に制定、施行された作戦要務令を読んでみると、衛生隊というのは、野戦病院数コを包括した大きな衛生部隊となっている。しかし、これは絵に書いた餅で、終戦にいたるまで、一つもこのような衛生隊というのは編成されていない。

実際にあったのは、だから古い制度による衛生隊ということになるのだが、これは負傷兵の収容、野戦病院への後送を任務とする部隊である。

この衛生隊は、野戦病院と同様、平時の編成にはなく、戦時になると、はじめて編成される部隊であるから、隊長となる兵科の将校以下、現役の者はきわめてすくなく、ほとんど全部が召集の将兵ばかりといってよい部隊である。

衛生隊は、傷兵の後送にあたる担架中隊四コ、車両中隊一コと看護にあたる衛生部から成り立っている。

俳優の池部良は、輜重兵出身で、第三十二師団衛生隊の小隊長をしていたというから、この担架、車両中隊というのは、輜重兵関係の兵隊で編成されていたものと思われる。

衛生部の方は、長の軍医以下で三部に分かれ、一つの部が長以下六名ほどの軍医と、薬剤官、衛生准尉などがいて、衛生下士官・兵若干名を擁している。

衛生隊は、作戦行動でもないかぎり、負傷者が出なければ開店休業の状態でやることがない。

師団隷下部隊の隊付軍医が病気になったとか、軍医の配属のない中隊以下の部隊が、本隊からはなれて任務を持つ場合などに、臨時に派遣または配属されることが多かった。まあ、師団の軍医の予備、補給の部隊でもあったわけである。

名称は、〇〇師団衛生隊とよばれたが、丙編成とよばれた警備や保安を任務とする師団などでは、衛生隊をまったく欠くことがあった。そのような師団では、作戦に出動する場合、患者収容隊とよぶ衛生隊に準じた部隊が、臨時に編成されたようである。

また、昭和二十年に、本土決戦のために編成された師団では、衛生隊を分割して各歩兵連隊に所属させ、「連隊衛生隊」とよぶ、と私たちは軍医学校で教わっている。しかし、国土決戦教令には、つぎのように書かれている。

「決戦間、傷病者は後送せざるを本旨とす。負傷者にたいする最大の戦友道は、すみやかに敵を撃滅するにあるを銘肝し、敵撃滅の一途に邁進するを要す。戦友の看護付添はこれを認めず。戦闘間、衛生部員は第一線に進出して治療に任ずべし」

負傷者を後送しないというのなら、連隊衛生隊が存在すること自体、矛盾していておかしい。しかも、師団の編成のなかには、野戦病院までもあるのである。

それに、最後の文句はなんだろう。

衛生部員はこんな教令が出されるずっとむかしから、第一線に出て命を的にして治療に任じているのだ。

いまさらなんだといいたくもなる。

それにしても、衛生部隊が後方にいてくれるからこそ、第一線の将兵は士気が上がるという心理面を無視している、迷文の教令であったと思う。

重症患者の処置

戦闘が勝っているときには、前記のような衛生機関があって、傷病者を順次、後送することが可能であったが、敗け戦さのときは、どうしたであろう。

「じつは、日本陸軍では、勝ち戦さのときしか想定していなかった。敗け戦さを想定することは、ゆるされなかった」

「『敗退』とか『退却』という軍隊用語はなかった。現実にそのような場面に遭遇した時、『転進』とかいう言葉をつくってごまかしている」

戦後、書かれた本に、よくこのような趣旨の文章があるが、そんなことはなく、じつは、作戦要務令「第二部」に、ちゃんと「退却」という章があるのだ。ただ、教育のさいに、この部分はあまり熱心に教えなかったり、故意に省略したりしていただけである。

軍医学校でも、退却の場合、野戦病院における重症患者の処置などということは、教わった覚えがない。しかし、これも作戦要務令の第三部、第三篇、衛生のところを読むと、いちばん最後に、つぎのように示されている。

「退却に決するや、師団長は、まず、衛生隊に的確なる命令をあたえ、輸送機関を配当して後方に移動せしめ、また、各部隊およびそのほかの衛生機関をして、戦場にある傷者を極力収容、後送せしむ。これがため予備車両、空車両などあらゆる輸送具の利用につとむべし。

このさい、死傷者は万難を排し、敵手に委せざるごとくつとむるを要す」

師団長がこの作戦要務令どおりに命令を下し、それが完全に行なわれれば理想的である。しかし、敗戦の多くの場合、そのようには行かなかったらしい。

退却命令が下って、背後の敵を気にしながら、命からがら逃げるのは、健康な将兵でもたいへんである。独歩患者とよばれた軽症の患者でさえも、健康な兵といっしょに敗走するのは、より容易ではなかったであろう。まして、それより重症の護送患者になると、とても健康な兵や独歩患者の歩度にはついて歩けない。落伍して自決するしかなかったであろう。

問題は担送患者とよばれるもっとも重症な患者で、とても衛生部隊がこれを文字どおり担架でかついで後送するような余裕はない。そんなことをしたら、かついでいる者も、みんな敵につかまってしまうこと必定である。

ヨーロッパ戦線の戦記を読んでみると、このような場合には、野戦病院に身動きのできない傷病兵をのこし、赤十字旗を掲げて撤退している。すると攻略した方の軍隊が、これを手厚く看護するという国際赤十字のルールが固く守られていて、赤十字の腕章をつけた軍医や衛生兵が、それら傷病兵とともに残留するといった場面すらある。

しかし、日本軍の場合、生きて虜囚の辱しめをうけないように教育されているから、いくら負傷して動けない状態でも、敵にその身をゆだねるわけにはいかない。もちろん、力がすでに失われている者では、自決もできない。そこで軍医に命令が下されたらしい。

人命を助ける医師の身でありながら、命令にしたがい、このような作業に従事しなければならなかった先輩軍医の心中は、察するにあまりあるものがある。

徴兵医官

いまは満二十歳になると、成人式とかいって、市町村役場から案内がきて、公民館などに集まり、お祝いをうけている。このさい、女の方が主役で、振袖姿など派手に着飾り、男はワキ役で小さくなっている。

しかし、むかしは逆で、男の方が主役で、男だけが成人すると選挙権を持つことになっていた。それと同時に、徴兵の義務もあって、徴兵検査をうけなくてはならなかった。

この徴兵検査は身体検査が主で、徴兵官という兵科の将校が長ではあるが、実際はその下についている徴兵医官が、身体の状態をしらべて判定する。

徴兵官は医官からまわってきた判定を読んで、壮丁一人一人に「甲種合格」とか「第二乙種合格」とか、厳かに宣言していればよいのである。あまり頭をつかうことはなくて、しかもカッコいい役である。

徴兵医官は正、副の二人いて、副のほうが眼科や耳鼻科的な検査をうけもち、正のほうが内科や肛門や陰部（M検といった）をうけもって判定を下すのである。

判定には表があって、衛生下士官が測定した身長や体重、それに視力やほかの病気などを加味して、甲種以下の基準がきまっていたから、それほど難しくはなかったらしい。

体格の判定は甲種から戊種まであって、つぎのように区分されていた。

甲種　身長一・五二メートル以上で、身体強健な者。

乙種〈第一〉　身長一・五〇メートル以上で、身体甲種につぐ強健な者。

〈第二〉　同右　身体第一乙種につぐ者。

〈第三〉　同右　身体第二乙種につぐ者。

丙種　身長一・五〇メートル以上で、身体乙種につぐ者および身長一・四五メートル以上、一・五〇メートル未満で、丁種に該当しない者。

丁種　身長一・四五メートル未満で、身体精神に特別の異常ある者。

戊種　疾病中、または病後、そのほかの事由で、甲種または乙種と判定しがたいが、翌年は　甲種または乙種に合格の見込みある者。

甲種と乙種は現役に適し、丙種は国民兵役に適し、丁種は兵役には適さないと判定された。身長にたいへんこだわっているようであるが、この点に関しては後述する。

平時の軍医学校では、この徴兵検査にかんする学問を、選兵医学とよんで教育していた。私の時代には、こんな教育をしているヒマはなく、甲種も乙種も丙種も、男と名のつく者は全員、根こそぎ動員しなければならなかったのであるから、徴兵検査の判定など、どうでもよく、選兵医学の教育はうけなかった。

しかし、先輩の話を聞くと、徴兵医官というのはなかなかよいもので、各市町村をドサまわりの役者よろしく巡回していくと、紋付姿の市町村長や兵事係のお出迎えをうけ、その地方で一番よい旅館や民宿に泊まり、毎日、宴会をしているようなもので、たいへん待遇がよかったそうである。

特に徴兵副医官は一番若く、独身なので、そのもて方もたいへんで、村長さんが嫁を世話したいなどということもあったという。待遇がよいといっても、よいことずくめばかりではなく、難しいこともあった。それは、徴兵を忌避する者がいて、詐病を発見しなくてはならなかったからである。

醤油を生《き》のまま多量にのんで徴兵検査にいくと、顔色がわるく、脈搏が多くなり、心臓病と間違われるとか、視力表を下のこまかいところまで読めても読めないふりをするとか、いろいろ敵も考えてくるので、それにたいする詐病の見破り方法も、選兵医学では教えていたらしい。

たとえば、完全失明を装った者には、光をあてて、瞳孔が大きくなっているかどうか、光にたいして瞳孔が反応して小さくなるかどうか、不意に刃物をつきつけて驚くかどうかなどをしらべればよいわけだ。

詐病の見分け方には、明治八年発行の陸軍文庫に、「詐病弁」という、イギリス人の著書の訳本が出ているほどだから、よほど建軍のはじめから手を焼いた問題であったように思われる。

一方、志願による士官学校など各種の軍の学校の身体検査では、これとまったく反対に、病気があってもそれをかくして合格したい者が多いので、この匿《とく》病を見破るのもたいへんだったようだ。

徴兵と身長

徴兵検査の基準では、身長に関してのみ、かなりはっきりした条件がつけられているが、それにはつぎのような経緯がある。

靖国神社に銅像のある大村益次郎兵部大輔の発案によって、日本に徴兵制度をしくにあたり、山県有朋陸軍卿は、石黒忠悳（のちの軍医総監）に身体検査の基準を調査するように命令を下したとのことである。

当時のことだから尺貫法で、兵士の身長の標準を何尺何寸にするのが最適か、体重は、胸囲は、ということでたいへんこまったらしい。

そのころ、陸軍にいた兵士は、各藩から出された旧武士階級の者ばかりなので、母集団としては、かたよったもので、これから行なおうとする士農工商全体をふくむ母集団とは、ことなっていると考えられた。

そこで、東京近在の村の若者を、村長にたのんで集めてもらったり、銭湯に出かけていって、入浴にくる若者を、かたっぱしからつかまえて測ったり、測定される方は、なんの目的で測られているのか知らないのだから、その混乱は目に見えるようである。

その結果、身長は五尺二寸から三寸ぐらいのところでよいと見当をつけたが、気になるのは外国の兵隊の身長である。当時、横浜にイギリスなどの兵隊がきていたが、いずれも六尺豊かの大男である。

後日、日本が外国と戦争にでもなると、これらの大男と取っ組むことになるのだから、あまりそれにくらべて劣るのもこまる。だから、あるていど、徴兵のさいの身長基準は大きくしておかなければならないとも考えられる。

六尺豊かの白人たちと取っ組むには、すくなくとも五尺五寸はほしいが、当時の日本人では、合格者がぐっとすくなくなってしまうことが考えられる。そこで五尺四寸ぐらいなら、我慢できる線であろうと見当をつけた。

しかし、オランダの選兵に関する本を読むと、「歩兵の身長は、全国壮丁の平均身長よりも、いくぶん低目にきめよ」と書かれている。

これは、標準を高くすると、戦時にたくさんの兵隊を動員する必要が起こった場合、兵隊の数が間に合わなくなるからという理由である。しごくもっともな理由だから、五尺四寸を一寸下げて五尺三寸という標準をつくり、山県に報告したという。

五尺三寸をメートルになおすと一・六〇メートルである。それにしても、これにきめるまで、たいへんな苦心をしたものだ。

昭和に入って、戦争により、ほんとうに兵隊がたりなくなった陸軍最後のころの徴兵の標準では、前に書いたように、甲種が一・五二メートルで、乙種が一・五〇メートルとなっているが、それ以前は甲種、乙種ともに一・五五メートルであったと聞いている。石黒報告による一・六〇メートルという基準の時代があったのかどうか、私は寡聞にして知らない。

昭和のはじめごろの壮丁の平均身長は一・六二メートルぐらいあったので、一・五五メートルというのは適当な線だったと思うが、最後の乙種の一・五〇メートルは、いまの中学校一年生の平均身長であるから、今昔の感にたえない。

それにしても、徴兵にさいし、身長などにあまり強くこだわる必要があるのかと、私は思うのである。というのは、私は陸上競技をやっていて、身長と運動能力とは、かならずしも相関

がないことを知っている。マラソンだって長身が勝つとはかぎらないし、陸上ではウエイト制がないのが、そのことを物語っている。

戦闘にさいして必要なのは運動能力であって、身長ではないと思う。だから身長よりも、運動能力を測定して、優れた者を徴兵した方がよかったのではないだろうか。

それに身長が小さい方が、敵方から見て的が小さくなるから、タマに当たる率がすくなくなると思う。形態よりも機能を重視した方がよいと私は思う。

歯科治療

陸軍では、いや海軍でも同様だったが、むかしは歯科医官がいなかった。歯科医師の免許状を持っている者はいたはずであるが、制度がなかったので、それらの人たちは、一般兵科の将兵となるしかなかった。

衛生部員となっても、衛生兵から下士官どまりである。せっかくの免許状が無駄で泣いていた。技術屋軽視もはなはだしい。

歯科医官の制度が登場するのは、なんと、昭和十五年九月からだから、終戦まで、わずか五年しか存在しなかった。

私たちは夏季教育で、おなじ依託生として、おなじ訓練をうけていたので知っていたが、陸軍の軍人でも歯科医将校を知らない人が多いのではないだろうか。

あるいはまた、当然、昔からいたものと思っていた人も多かったのではないだろうか。じつは、十五年以前の野戦では、必要に応じて有資格者が、階級章を白衣でかくし、診療していたこともあったという。

歯科医官の階級は少尉から少将まででしかなく、軍医と薬剤官が中将まで進級できるのに、まったく差別待遇である。そのうえ、一般部隊には配属がなく、病院と名のつくところだけに配属されていたので、極めて人数がすくなかった。

部隊で歯の病気になると、軍医がまず診断をすることになる。私たちも医学校を出て、軍医学校に入り、はじめて歯科の講義をうけたときは、びっくり仰天した。隊付軍医というのは、何科でも診るのだが、歯科までこなさなければならないとは、思ってもみなかったからである。

野戦で問題になるのは歯痛で、このため戦闘ができないのではこまる。だから、軍医は痛む歯を抜歯することぐらいはできなければならない。歯の周囲にぐるりと麻酔の注射をして、あとはヤットコのような器械ではさみ、エイと力をこめて抜いてしまえばよい。これなら、歯科医でなくとも、なんとかできそうな気がした。

もう一つは補綴である。穴のあいた歯の修理だが、これは本職でなければちょっとできない芸当だ。

しかし、軍医がやるのは本職には作戦行動が終わってからゆっくりやってもらうとして、作戦間の応急処置である。

これには、仮封用グッタペルカという充塡剤を使用して、一時、穴をふさいでおくようにと教えられた。

このていどのことなら、専門家でない軍医でも、何とかお茶をにごすことができるので、経済上（?）の理由で、部隊には歯科医官をおかなかったのかも知れない。

そして、歯科用の衛生材料は、出動部隊では隊医梱でなく、ガス医梱のなかに入っていることも教えられた。

ガス医梱というのは、毒ガスの治療材料を入れているという意味であるが、古くからある隊医梱には入っていない新しい衛生材料は、みんなこっちの方に入ることになったと聞かされた。

たとえば、近視の兵隊が多くなったので、メガネを戦闘でとばされたとき、一時的に貸与するメガネがこのガス医梱に入っていたのである。

閑話休題。これが平時であると、隊付軍医が必要と認めた場合、歯科治療の許可を下すのである。

隊の近くに軍の病院があり、そこに歯科医官がいればそこに通院して治療をうけることになるが、そうでない場合には、地方（民間）の歯科医のところへ、治療に通うことになる。

どちらにしても、公用の腕章をもらって堂々と外出できるのだから、兵隊さんにとってこの歯科治療は、歯が多少痛んだとしても、たいへん楽しいものであったらしい。

楽しいというのは、街の中を自由に歩け、買物をしたり、ちょっとした用件をはたすこともできるのであるから、籠の中の鳥としては最高だ。

なかには、ちょっとどころか、女遊びをしてくる豪の者もいたというのだから、こうなると歯痛さままで、三十二本ある歯が、交代で痛んでくるのを待っていた者があったのではないかと、勘ぐりたくもなる。

操縦軍医

先輩の与芝真雄軍医少佐は、軍医でありながら、飛行機の操縦をするという操縦軍医だった。陸軍には、このような軍医が十数名いた。薬剤官にも一名いたという。また、このなかには、戦死した人も事故死した人もいた。

彼らは軍医学校で乙種学生をおえた後、志願して飛行学校で、兵科の将校といっしょに操縦学生の教育をうけている。

この制度は航空医学研究のため、わが陸軍が世界にさきがけて設けたもので、昭和十年、田所吉輝軍医中尉がはじめて飛んだのであるが、すでに大正の末期に、寺師義信軍医中尉（のちの軍医中将、軍医学校長）が同乗飛行により研究をはじめていた。

空中勤務者の健康管理は、身をもって操縦を体験した軍医によって、はじめて可能となるという考えから出発したもので、のちに海軍でもこの制度を真似ていた。外国では、わずかにドイツだけが行なっていた。

戦後、私は東京都社会保険診療報酬支払基金の審査委員として、川島菊男先生と机をならべていたが、この先生は海軍の操縦軍医で、戦争末期のころは厚木の航空隊に所属し、戦闘機を駆って敵機と渡り合っていたという猛者であった。

机上の航空医学者もいたが、機上で体験する操縦軍医とは、一字の差ではあったが、いつも意見がちがっていたと話していた。

とにかく、飛行機のパイロットになるには、適性検査がたいへんで、かぎられた軍医のなかから選抜されるのだから、エリート意識もつよかった。

与芝少佐もときおり、母校にきては、後輩の依託生を集めて一席ぶっていた。しかし、この人のあとにつづく者は、なかなかいなかった。

軍医学校では、岡山医科大学出身のおなじ区隊の見習士官が、どうしても操縦軍医になるのだと張り切っていたが、彼にとって終戦は、翼までもがれたことになり、二重に残念だったことであろう。

軍医学校における航空医学の研究は、軍陣衛生学教室のなかでも行なわれたが、実際に高空とおなじ条件にある富士山頂に、昭和十三年、前出の寺師軍医学校長が富士分業室をつくり、生理的、精神的機能検査の研究をすすめていた。

軍医学校では、航空医学は、衛生学のなかの航空衛生学として講義をうけたが、教官は富士山頂から山形まで出張教授にきたわけで、たいへん御苦労なことであった。

このほか、第八陸軍航空技術研究所というのが立川にあり、軍医中将の所長のもとで、航空医学、航空衛生学の研究を担当していた。

先輩の与芝少佐もここに所属していたのであった。

軍医学校での航空衛生学の実習は、高々度飛行による酸素不足が操縦者におよぼす影響というわけで、校庭に窒素のボンベを持ち込み、マスクを通して、まったく酸素をふくまない純窒素を吸わせる。

最初にやるのは不気味なので、後ろの方に立って見ていると、最前列の一人が指名されて第一実験者となった。

窒素を吸わせてしばらくすると、猛烈な全身痙攣をおこした。教官がマスクをはずしてやると、しばらくして目を覚したように正気にかえった。

私は恐る恐る痙攣時の苦しさを聞いてみると、いっこうに苦しくはなく、居眠りをしているような感じだという。

それならばと、前列に出て、何人目かの実験者になった。ところが、私はなかなか痙攣をおこさないのである。教官は、事前に脈搏数と呼吸数をチェックしており、「この見習士官は呼吸数がすくないので、肺内の酸素の排出が遅く、なかなか痙攣をおこさない」と説明している。

そのうちいい気持になって居眠りに入ったようだ。春眠あかつきを覚えずという気持であった。目を覚してみると、やっぱり、みんなとおなじように痙攣をおこしていたということだった。

あまり長くこの酸欠状態が続くと、脳が元どおりにならなくなってしまうのであるから、命がけの実習だったといえよう。

私は、学生時代に陸上競技の長距離をやっていたので、呼吸数が毎分十五、脈搏数が六十ときわめてすくなく、八千メートルぐらい走ってくると、正常人とおなじく呼吸数二十、脈搏数八十になった。脈搏数が六十というのはたいへん便利で、ストップウォッチのかわりに用いたものである。

私のような者が操縦者になると、高々度飛行をしばらくやっても平気なので、「オレは、うん千メートルまで酸素マスクなしで上昇してきた」と自慢するようになる。これがもっとも危険であって、死とは紙一重なのであるから、かならず高々所では酸素マスクを用いるよう、操縦者によく教え込まなければいけないと教えられた。

タバコの毒性

毒ガスは速効性であり、そうでなければ戦争の役には立たない。

これにたいして、遅効性の毒ガスともいうべきものにタバコの煙がある。こちらの方は戦争の役には立たないが、人体に百害あって一利もないことでは同じである。酒とちがって、まったく害ばかりである。

タバコの毒性は、はじめ肺癌の原因として脚光をあびたが、研究が進むにつれて、しだいに多くの害が明らかになり、科学を信じている欧米のホワイトカラー族は、そろって禁煙している。

ほんとうにタバコの煙を認識すれば、こわくて吸えたものでないことは、タバコの害の研究者たちの一致した意見である。

「わかっちゃいるけど、やめられない」などと、植木等のスーダラ節みたいなことをいう人は、じつは、ほんとうにはわかってはいないのである。

日本の〝インテリ族〟のなかには、まだ禁煙にふみきれない者がいるのは、はなはだ残念なことである。

タバコの有害作用について、述べてみよう。

癌――肺癌のほか、口腔癌、胃癌、膀胱癌など、全身諸臓器の癌。

肺癌とタバコの関係だが、一日五本の喫煙で、非喫煙者の二倍、二十本で五倍、五十本で十倍も死亡率が高くなる。十代から吸っているグループは、さらにこれを上まわる肺癌死亡率となる。発癌因子はたくさんあるが、肺癌に関しては、とくにタバコの煙が第一位の因子といえる。

呼吸器――慢性気管支炎、肺気腫、呼吸器感染症など。

肺癌とまでは行かなくても、呼吸器にたいする害はきわめて大きいといえる。

循環器――動脈硬化症、冠動脈性心疾患、心筋硬塞や心臓アナフィラキシーによる突然死など。

心臓がやられれば一コロです。

消化器――胃および十二指腸などの潰瘍。

これに関しても、たった三服（三本ではない）の喫煙で、胃粘膜の血液量は最大五十～七十パーセントも低下するというデータがあり、これが潰瘍の発生の因子となり、またその治癒を遅らせたり、再発するのを増進させると考えられている。

妊娠と胎児――胎盤早期剝離、胎盤硬塞、先天性奇形、前置胎盤、新生児の小頭囲、乳児突然死症候群。

妊娠二十八週以後の死産と、生後一週間未満の赤ちゃんの死亡は、医学的には周産期死亡とよばれているが、妊娠中、タバコを吸っていると、非喫煙者の周産期死亡率の一・五パーセントにたいして、喫煙者のそれは、六・三パーセントと四倍以上の高率で、死亡が高まることがわかっている。

以上、いずれも死と関係の深い病気ばかりで、これだけ罪状が明らかになれば、タバコを吸う人はいなくなってよいはずであるが、浜の真砂と同様に、ドロボーとタバコを吸う人はつきないのであろうか。

ところで、最近、ほうぼうの市町村の広報をみるとよく、「タバコは、当市町村内で買いましょう」という宣伝文がのっていることがある。日本たばこ産業株式会社から納める税金の一部が、当該市町村に交付される仕組みになっているので、こんなタバコの宣伝をしているのである。

しかし、こんな毒物を吸っていれば病気になり、おなじ市町村でやっている国民健康保険から支払われる療養費の支出がどんどんふえているわけで、差し引きでは支出の方が大きくなっているはずである。

一人の癌患者が発生すれば、数百万円から数千万円が、タバコの煙のようにすぐ消えていくことを、この広報の編集者は知っているのであろうか。知っていれば、こんな宣伝をするはずはない。

さて、私が東部第三部隊に入隊したときは満十七歳で、東部第六部隊に入隊したときが満十八歳。どちらのときも未成年だったが、法律で禁じられているタバコが配給された。軍用タバコの「ほまれ」という安いタバコである。

ようやく成年となってから入隊した千葉陸軍病院や陸軍軍医学校では、もう物資がなくなっていて、ごくわずかしか配給されたおぼえがない。

一般の軍隊は、徴兵で入隊する者が大部分で、満二十歳で徴兵検査をうけているから、未成年はいないわけである。

しかし、志願で入隊した軍人のなかには、未成年だった者がすくなくない。そして、それらの人は、未成年であったにもかかわらず、成年と見なされて、酒やタバコの配給をうけていたようである。

私の小学生時代の同級生で、海軍の志願兵だった者や、陸軍の少年飛行兵だった者は、みんな、この〝見なし成年〟として、タバコを吸っていた。私もおなじで、軍隊で酒やタバコを覚えさせられたのだ。ほかにも、軍隊でタバコをはじめて吸ったという人は多い。

当時は、タバコの害がわからなかったので、軍医学校においてさえも、小休止のときに、タバコ一本吸える時間を兵隊にあたえてやるために、将校たる者は、タバコを吸わなければいけない、と教えていた。

軍医学校では、タバコの配給がきわめてすくなく、タバコの好きな見習士官は、雑草を乾燥して紙で巻いて吸っていた。

それほどまでして、タバコのみはタバコが吸いたいものか、これでは麻薬とおなじで習慣性があり、身体にかならずや害があるに相違ないと、当時、私は漠然と感じていた。この予感があたり、前に述べたように多くの有害性が証明されたのである。

もう議論の段階ではなく、禁煙断行の時代になってきたと思う。喫煙者本人だけでなく、家族そのほかの周囲にも毒をまきちらしている現実を、喫煙者は知らないはずはあるまい。

私の周囲にも、なにかと屁理屈をつけて喫煙をつづけようと、もがいている人がいるが、いずれ意志の弱い人であって、本人の自覚を待っていてもダメで、強制的に禁煙させる以外に手段はなさそうである。

先輩と後輩

一般社会において、たとえば会社などで、おなじ学校を卒業した先輩と後輩がいたとすると、後輩は先輩に頭が上がらないのは当然であろう。しかも、おなじ学部や、おなじクラブに所属していた場合などは、なおさらである。

医者の世界では後輩が先輩を尊敬することが、一般社会よりもさらに強い。というのは、いくら学校で教育をうけてきても、実技がともなわなければ、なに一つ治療ができない。医学と医術とはべつであって、学校では、医学は教えるが、医術は先輩が後輩に教える。先輩は医術に関しては師なのである。だから、後輩は先輩にたいして頭が上がらないのである。

西洋では、医師になるときに、「ヒポクラテスの誓い」というのをさせられる。紀元前四六〇年に医聖といわれたヒポクラテスが出て、西洋古代の医療がはじまったのだが、古今不滅の医師の倫理として、この誓いがある。

看護婦の方には、「ナイチンゲールの誓詞」というのがあり、全世界の看護学校でもちいられているのだが、じつは、これにはナイチンゲールはまったく関与していない。「ヒポクラテスの誓い」に準じて、アメリカの看護学校で、一八九二年につくられたものだそうだ。いわば、「ヒポクラテスの誓い」の二番煎じなのである。

さて、この「ヒポクラテスの誓い」のなかに、

「この術を私に教えた人を、わが親のごとく敬い、わが財をわかって、その必要あるとき助ける」

という言葉がある。文字どおりの意味であるが、これは前述のように医学を教えてくれた師のみならず、医術を教えてくれた先輩＝師にたいしても同様である。

徳川時代から明治にかけて、西洋医学が滔々として導入されたさい、われわれの先輩はその技術面のみをもとめ、精神面はけっして移入しようとしなかった。いわゆる和魂洋才の思想である。

だから、卒業式に「ヒポクラテスの誓い」をするような医学校はなく、西洋的な医の倫理の教育はほとんど行なわれなかった。日本人の精神、日本人の医の倫理＝仁術のワクから一歩も出なかったといえる。

それでも、医術を教えてくれた先輩にたいして礼をつくすことは当然で、後輩は、一クラスの差であっても、絶対に先輩には頭が上がらなかったのである。

しかし、軍隊では階級がものをいうのだから、後輩の方が星一つでも上級であれば、先輩といえども、これに服従しなくてはならない。

上級者のみならず、同じ階級であっても、後任者は先任者にたいして服従すべきことが、

軍人に賜わりたる勅諭にもしめされている。

そこで、この軍隊内での先輩と後輩、上級者と下級者との関係はどうなっていたかというと、公式の場所では、あくまで星の数（階級）どおりに動いていたのであるが、医務室内であるとか、軍医だけの仲間同志になると、この先輩、後輩の関係になったようだ。

たいてい、将校ともなると、個室をあてがわれていたから、そのなかに入り込んで、裃をぬぎ、先輩、後輩、同輩の関係と化してしまうのが、たいへんな喜びであったという。

同級生といっても、現役と、予備員あがりの軍医では、三階級ぐらいの差のあるのはざらで、おたがい陰では、このようにして助け合っていたのだ。

私の知っている梅原千治先生は、大学を卒業してすぐ短期現役の軍医となり、軍医中尉の襟章をつけて戦地に赴任した。

ところが、その部隊では、階級は高級軍医につぐ中尉であったが、運の悪い（?）ことに、下級の軍医予備員出身の見習士官のなかに、おなじ旧制高校出身の先輩と、おなじ大学医学部出身の先輩がいたからたまらない。

「おい梅公。貴公は短期現役出身だからわかるだろうが、こういう場合にはどうするのだ」

「梅ちゃん。この書類を書いておいてくれよ」

これにたいして、いちいち「さん」づけで返事しなくてはならなかったという。

しかし、学校出たての医者として、注射や手術の仕方などを懇切丁寧に手を取って教えてもらったのであるから、たいへんありがたかったという。先輩としても、たいへん便利だったろう。

これが、星の数に物をいわせて、後輩のくせに大きな顔をしていると、医師としての技術は未熟なのだから、とんだところでしっぺ返しをされたようだ。

現役の軍医は一般に広く、何科でもこなせるように教育されているが、召集の軍医は専門の医術を習得しているから、その科の診療をさせれば、たいへんすぐれている面がある。だから、その軍医の経歴にしたがって、適材適所に配置するという、人事の運用をうまくすれば、能率がたいへんよくなるので、後輩であっても、軍隊における上級者は、このことに常時、頭をつかっていなければならなかった。

二・二六事件の軍医

二・二六事件があったのは昭和十一年で、私は小学校の五年生だった。

東京でも、目黒区の小学校だったので、事件のあった都心とはだいぶはなれており、大雪の中で、普段と変わりなく遊びまわっていたが、なにか都心で起こっていることは、ラジオ放送などで知り、友だちといろいろ話し合ったりしたことをおぼえている。

のちに、反乱軍の将兵が歌ったという「青年日本の歌」（昭和維新の唄）を教わったり、夏季教育で東部第六部隊に入隊してみると、そこが兵舎の交換による元歩兵第一連隊の兵舎であって、多くの反乱軍を出したところなので驚いたしだいである。

ところが、この兵舎から反乱軍に参加した軍医がいたことを最近知って、さらに驚いた。それは大学医学部を、この前年に卒業し、短期現役軍医を志願した羽生田、船山、板橋という三人の軍医の見習士官（当時は見習医官といった）で、羽生田と船山は歩兵第一連隊の機関銃隊に、板橋は第十一中隊に所属していた。

機関銃隊には首相官邸や朝日新聞社を襲った栗原安秀中尉、第十一中隊長には陸相官邸、陸軍省、参謀本部を占拠した丹羽誠忠中尉という反乱軍青年将校の代表格がいたからたまらない。当日、朝の非常呼集でたたき起こされ、

「負傷者がでたらたのむ」の一言で、反乱軍部隊の後尾について出動することになってしま

った。

十一中隊の方は陸軍省だったので、べつに負傷者は出なかったが、機関銃隊の方は首相官邸護衛の警官隊と撃ち合いになって、兵隊に二名の負傷者をだした。

さっそく、敷布で仮包帯をして止血し、まだ息のあった巡査一名とともに、牛込の衛戍病院（のちの東京第一陸軍病院、現在の国立国際医療センター）に、民間トラックを徴発して、看護兵（のちの衛生兵）をつけて送院した。

その後、二人の軍医は栗原中尉の命により、岡田首相（じつは義弟の松尾大佐）の遺体に、官邸内にあった救急箱の包帯を巻き、家族に会わせる準備をした。

このとき、羽生田見習医官は遺体の顔が、いつも新聞に出ている首相の顔とはちがうような気がしたが、船山見習医官に黙っているようにいわれて沈黙した。

もしもあのとき、栗原中尉に報告していたら、はたして岡田首相の運命がどうなっていたか、いまでも冷たい戦慄が背筋を走るといっている。

さて、衛戍病院から送院患者の件で問い合わせがあったのは、翌二十七日の昼ごろであった。ちょうど、連れていく患者があったので、船山見習医官は官邸の車「リンカーン」に乗り込み、途中の歩哨線を突破して病院に向かった。

合言葉は「尊皇」「討奸」で、将校はフランス革命の真似をして、軍帽の内ひさしに切手を貼っていたので、それを見せながら、革命軍将校らしい気分にひたっていたという。

衛戍病院につくと、前日に送った巡査が死亡し、名前もわからず、こまっていた。

それにしても、もうすこしましな救急処置ができなかったかといわれ、困惑しているところに現われたのが、病院長田辺文四郎軍医総監（中将）である。いきなり、彼を院長室に引っ張り込んだ。

「おまえの所属している部隊は、反乱軍だぞ！」

「……………」

「しかし、とにかくここに来たのは運がいいやつだ。もうここから出るんじゃないぞ」

「ハイ。しかし、むこうに同僚が二人のこっていますから、自分はこれから迎えに行ってまいります。自分だけ助かるわけにはいきません」

「うん、そうか。よくいった。おまえは、なかなかの男だ。迎えに行ってこい。弾丸の雨が降るかも知れんが、どんな行動をとっても、命だけはなんとか生き永らえろ。あとはどんなことをしてでも、かならずおまえたちの身柄は救ってやる」

かくして、船山見習医官は帰隊して、ほかの二人にこっそりそのことを告げるのだが、反乱軍将校の命にしたがうべきか、病院長の命にしたがうべきかに悩んだすえ、船山と羽生田は意を決して脱出を決行するのである。

病院では病院長以下、医官も職員、看護婦もおなじ衛生部員として、温かく迎えてくれた。そして二十九日、安藤輝三大尉が自決をはかり、入院してくるのと入れちがいに、二人は原隊に帰ったが、板橋見習医官もぶじ帰隊していた。

さて、その後、三人は衛戍刑務所に入れられ、獄中五十五日の後、予審だけで不起訴となり、また原隊に帰るのであるが、まもなく免官となり、軍籍を剥奪される。刑法上は無罪だが、行政上の処分は免れえなかったのである。

この話のなかで、「どんな行動をとっても生きのこれ」というのが面白い。卑怯な振舞いを怒るのが軍人であるのに、衛生部員は人命を尊重するあまり、ついこのような言葉が出てしまうのであろう。命令系統からいっても、病院長が隊付軍医に命令するのは無茶苦茶である。

衛生部というのは仲間意識が強く、自分の部下でもないのに、なんとかして助けてやりたいという病院長の心が、おなじ衛生部員であった私にもよくわかるのである。

これが兵科だったら、特別な関係でもないかぎり、自分の部下でもない者をかばうことはないだろう。

彼らが放免になったのも、衛生部首脳の陰の尽力があったからだろう。

さて、後日談として、軍籍を剥奪されたこれらの人になぜ軍医予備員を志願しないかと、いわゆる懲罰召集がかけられ、強制的に軍医を志願させられ、ふたたび見習士官として活躍することになる。大戦末期の軍医不足が軍籍剥奪を時効としたのである。

上海派遣軍とコレラ

日清戦争や日露戦争で、いやというほど風土病には泣かされてきたはずなのに、日華事変になっても、その戦訓がいかされずに、中国大陸で多数の患者をだしている。

とくに日華事変初期、緊急派遣された上海派遣軍では兵要衛生地誌などを読むヒマがなかったのであろうか、多数のコレラ患者が発生して、中央から防疫専門の軍医を派遣したり、コレラ専門の病院を開設したりして大さわぎだった。

なにしろ、付近のクリークの水はコレラ菌でいっぱいなのだから、後方から第一線に運んだ握り飯が、ほとんどこの水に汚染されているわけである。だから、これを食べた第一線の将兵は、全員、コレラに罹患してしまった。

「これでは患者でなく、健康者の方を隔離しなくちゃいけねえ」と、ある軍医が冗談をとばしたとつたえられている。

この日華事変は、昭和十二年七月にはじまったが、その前年の十一年に石井式濾水機が秘密兵器として正式に採用されているはずである。しかし、まだ生産台数が充分でなかったのか、新しい秘密兵器なので知られていなかったのか、大陸でこの器機の活用により、コレラが予防されたという記録はまったくない。

この器機が大活躍するのは、昭和十四年のノモンハン事件からである。

コレラには、最初、コッホによって発見されたコッホ菌と、エルトール菌によるものとがある。最近、東南アジアから帰国する旅行者が、ときどき持ち込んで問題になっているのはエルトール菌によるもので、軽症であり、死者はほとんどみられない。

しかし、この上海付近で流行したものはコッホ菌の方で、たいへん多くの死者をだしている。

日本では文政五年（一八二二年）、オランダ船でジャワから来たのにはじまり、安政五年、明治十、十二、十九、二十八年と大流行しているが、みんなコッホ菌で、明治二十八年のときは患者は五万五千名で、そのうち四万名（七十三パーセント）が死亡している。〝コレラ〟をもじって、〝コロリ〟といった言葉が用いられたのも、そのころのことである。

当時は現在のようにコレラによく効く抗生物質のような特効薬はなかったが、早期より輸液を行なって、高度の脱水を予防すれば、死亡をまぬがれることはできることがわかっていた。そこで、リンゲル液などを大量に使用して、治療成績をあげている。

しかし、そのリンゲルなどの輸液のアンプルが不足となってこまったらしい。ある野戦病院長は薬剤官に命じて生理食塩水を大量につくらせた。クリークの汚ない水をくんできて、これに食塩を適当量入れ、煮沸させて滅菌し、これをどんどん患者に注射して救ったのである。

一方、衛生材料廠でつくった正式のリンゲルのアンプルを請求していた病院では、内地から現品がとどいたころには、コレラ患者のほとんどが死んでしまったという。

コレラは水様下痢により、身体の水分をうしない、高度の脱水、ショック症状によって死亡するのであるから、この理論さえ承知していれば、治療の衛生材料が不足がちの第一線であっても、このように臨機応変の処置によって、生命は救われるのである。

このときのコレラの死亡率は、戦地という悪条件にもかかわらず、三十パーセントぐらいにとどまったという。前記の七十三パーセントは内地のことであるから、いかに最小限にくい止めたか、衛生部員の活躍が思われる。

それにしても、毎度のことながら、戦争に疫病はつきものとの感が深い。

兵隊に罪はない

これは、高橋禎昌先輩の話である。

この高橋先輩は、昭和十六年、軍医学校を卒業すると、すぐ南京陸軍病院付として勤務している。森林太郎総監とおなじで、隊付軍医の経験がまったくないという、めずらしい経歴の軍医である。

前線に出たいという希望がかなえられて、昭和十八年に転属した先が、これからインパール作戦を行なうという、第十五軍に編入された第十五師団の軍医部だった。

この師団は中支より抜かれ、上海からサイゴンまで十梯団に分かれて海上輸送され、サイゴンからバンコク、チェンマイをへてビルマに到着しているが、途中、南方軍の命令で、タ

イ国内の自動車道路工事に従事させられ、昭和十九年三月十五日のインパール作戦開始の直前にやっと主力が間に合い、準備もそこそこで、チンドウィン河を渡河している。

師団ののこり三分の一はタイ国に残置され、のちに追及するのだが、十五軍の直轄とされたので、師団主力とともに前進した衛生部隊は第一野戦病院と衛生隊のみで、第二、第四野戦病院、防疫給水部は後方にあった。

軍医部の部員の仕事というのは、師団の作戦命令のなかで、衛生隊、野戦病院、防疫給水部など、衛生関係部隊の任務を立案したり、隷下衛生部員の人事、衛生材料の補給などで、たいへんいそがしい。しかも、この師団のように、先頭と後尾がべらぼうに長いのではいっそう多忙であったと思われる。

インパール作戦は、緒戦では、作戦どおり事がはこび、インパールを包囲するところまで行ったが、攻勢が頓挫し、雨季にはいり、作戦が中止され、退却にうつると、その惨状は言語に絶するものとなった。

将兵は兵器、装備の大部分を失い、戦友の屍を戦場に残したまま、幽鬼のごとくなって、トボトボと竹杖にすがり退却してくる。師団の全員が患者といってよいほどで、独歩できるのが健兵である。

途中にあった兵站病院でも、患者をひきとってくれず、師団は独力で患者を後送しなければならない。こうなってくると、衛生部員はたいへんである。

この高橋先輩は軍医部員だから、直接、患者後送にあたる任にはなかったが、すべての衛生機関が手一杯なので、みずから象をあつめて、その背に患者をしばりつけ、これを指揮して、後方へ牛歩ならぬ象歩を進めていた。

そんなある日、ビルマの某集落にやっと入り、宿舎をさがしあてた。しかし、そこには先客があった。真新しい軍服をきた機関砲隊で、隊長は大尉であった。こちらも軍医大尉で、宿舎の一部を患者用に借用したい旨を申し入れたところ、

「それはこまる。われわれは、これから貴師団の退却掩護のため、前線に向かうのであるが、患者といっしょに寝て、病気でもうつされては迷惑だ」と、にべもなく断わられてしまった。

この隊長の主張にも、たしかに一理あるのだが、患者にたいする同情心は、兵科の将校のためか、一片も持ち合わせがないようすである。

そこで頭にきた高橋軍医は、部下の衛生兵と

患者を集めて命令を下した。

「よし、みんな、今夜はここで野営だ。寒いから、燃えるものはみんな集めて火をたけ」

機関砲隊の宿営しているそばで、火をたいて野営したという。

制空権が敵側にあるとき、火を点ずることは、敵機に爆撃してくださいといわんばかりの行為である。しかし、野営を強要したのは機関砲隊長なので、隣りで火をたかれ、ハラハラしながらも、見て見ぬふりをしなくてはならなかったようだ。

幸いその晩は、敵機による攻撃がなかったので、一同、安心して寝られたが、これには、つぎのような後日談がある。

その後、患者隊はさらに象歩を進めて後退し、屋根のある建物で休んでいたときのことである。敗残の見る影もない友軍の一隊が、一夜の宿を乞うてきたのである。

その隊長の顔をみて、高橋軍医大尉は驚いた。

「貴官はオレの顔に見おぼえがないか」

「いや、おぼえがない」

「貴官の隊が前線に向かうとき、某集落で患者隊の宿泊をことわったことがあったろう。オレはそのときの軍医だ。今日はあのときと全く反対の立場になったが、兵隊に罪はない。兵隊だけは泊めてあげよう。しかし、貴官だけは泊めるわけにはいかない。一人で野宿してもらおう」

こんなやりとりがあって、ついに、機関砲隊の隊長だけが野営するハメになったということである。

衛生部員は、どんなときでも、つねに兵隊の味方であった。

軍医部長か部隊長か

先輩の古守豊甫軍医が、ニューブリテン島ラバウルの工兵隊付となって赴任したときの話である。

この部隊に二人の古参衛生軍曹がいた。この二人は部隊長に睨まれていたのか、もう曹長に進級してもよい年限なのに、さっぱりその沙汰がなかった。べつに駄目な人物ではなく、部隊長とそりが合わないというだけであって、こういうことは、一般社会でもよく見かけるものである。このような場合、軍隊では絶対に進級が困難だった。

ある日、古守軍医が軍医部長のところに行くと、軍医部長はこの二人の軍曹を野戦病院に転属させる旨をほのめかしたが、工兵の部隊長には内緒にしておくようにと口止めされた。もちろん、この二人を進級させるための転属である。

その数日後、古守軍医は部隊長によばれ、両軍曹の転属のことを知っていながら、部隊長に黙っていたことを詰問された。まさか軍医部長に口止めされていたことをハクわけにはいかない。ただ申し訳ありませんと頭を下げていると、

「部隊長を補佐する軍医が、部下の転属を知らん顔をしているとはなにごとか。君はいった

い軍医部長の部下か、部隊長の部下か」と、こっぴどく怒られたという。

たしかに、正式には隊付軍医は部隊長のスタッフであり、部下であるが、軍医、衛生下士官の人事にも軍医部は関与するし、衛生材料の補給なども、軍医部を通しておこなわれるので、軍医部長の部下ではないが、どうしても密接な関係となる。

とくに古守軍医と軍医部長は、おなじ学校卒の後輩と先輩で、親密な関係にあって、部隊長がそれにヤキモチを焼いたというのが真相かも知れない。ヤキモチは、なにも女の専売ではないのである。

この軍医部長は、古守軍医を借りるときには、いつもちゃんと部隊長に断わって借りている。これが軍医部長が直接、隊付軍医に命令を下したりすることがあると、統帥権を犯したとして、たいへんな問題となるのである。

統帥権というのは、天皇を頂点とするライン組織における軍隊の指揮権で、昭和十二年以前の軍医が「将校相当官」とよばれていたころには、統帥権を持たなかった。

しかし、「各部将校」となると、野戦病院長、兵站病院長、陸軍病院長、防疫給水部長などは立派な部隊長として、部下に衛生部員のみならず、兵科の将兵を持つこともあり、統帥権を持つようになってきた。

一方、師団以上の司令部に属する軍医部長や、隊付高級軍医などは、統帥権を持っていない。それぞれ師団長や連隊長にスタッフとして仕える身だから、隷下部隊のおなじ衛生部員である軍医や衛生兵にたいしては、直接、命令は下せない。いちいち師団長や連隊長にいって、師団長命令や連隊長命令を出してもらわなくてはならない。

ところが、統帥権をもつ部隊長より、星の数の多い階級章にものをいわせて、直接、命令を下して統帥権干犯問題を引き起こし、陸軍をクビになったり、なりそうになった軍医が、案外、多かったようだ。

これは、私のような各部将校としての教育をうけた者には、とうてい考えられないことである。

むかし、軍医は、「軍隊で医者の仕事をする者」と考えられ、将校に相当する待遇をあたえられていたにすぎなかったので、あまり将校としての教育はうけていなかったのではないかと思う。

私たちの期から逆算してみると、軍医学校の乙種学生の課程は、大正十年ごろからはじまっており、それ以前はいきなり歩兵連隊に見習医官で入り、二ヵ月ぐらいして軍医に任官し、部隊や官衙に配属されているので、まったく集合教育はうけていない。適当に部隊で実地教育をうけたものであろう。

大正十年以降も、乙種学生の課程では、軍陣医学の講義が主で、一般軍事学の講義はすくなかったと思われる。

ところが、将校相当官から各部将校になった昭和十二年以降になると、「軍医は、将校であって、そのうえに専門技術である医者の仕事を特業とする者」というふうに、定義が変わってきたので、それまで頭の毛を伸ばしていた軍医が、丸坊主になったという話もつたわっている。

そして、この各部将校になると同時に、軍医の人事権は医務局長の手をはなれて、ほかの各部将校とおなじように、陸軍省人事局長が持つようになった。

しかし、それでもまだ陸軍礼式令では、兵科の将校と各部将校にたいする敬礼には差別があり、前者には部隊全員が「頭《かしら》右」であるのに、後者にたいしては部隊の指揮者だけが敬礼すればよかった。

これをまったく同一にする改正がおこなわれたのは終戦の年、昭和二十年であった。あまりにも遅すぎた感がある。

軍医の連絡将校

二級先輩の松田茂軍医中尉は、父親が騎兵の大佐、本人も馬術部に属し、近視のメガネをかけていたが、近視でなかったら、士官学校を出て、騎兵の将校になっていたであろうと思われるほど、立派な軍人らしい軍医であった。

いつもにこにこして、東北人らしい朴訥な話しぶりで、われわれを叱りとばして得意になっている同級の某先輩から、「まあまあ」と、救ってくれるのはこの人で、われわれのあいだには、絶大な人気があった。

たしか、郷里は山形県の鶴岡で、石原莞爾中将をうんだ旧庄内藩の生まれである。

昭和十九年の末に軍医学校を卒業するときも、騎兵隊を志願したというが、当時、騎兵隊の多くは解隊させられていて、捜索隊や戦車隊に改編されたものが多い。

昭和七年のロサンゼルス・オリンピックの馬術競技で優勝し、ロサンゼルスの名誉市民となった西竹一中佐も、最後は戦車第二十六連隊長として、騎兵の先輩栗林忠道中将のもとに、硫黄島で戦死している。

そんなわけで、この先輩も志望の騎兵隊付にはなれないで、戦車隊付となってしまったのである。

「フィリピンの戦車師団に行くことになったよ」

いつもと変わらない態度で、にこにこしながら、別れの言葉を言いにきたのが、昨日のように思い出される。

彼はこの出征時に、家族のだれとも会っていない。このことは戦後、母校の後輩となった彼の弟から聞いたのであるが、郷里に帰るヒマがなかったのであろうか。私たち後輩にだけ別れを告げにきた心境に、胸が痛む。

ルソン島に上陸した師団とともに、この先輩はその後、数ヵ月で、あのリンガエン湾に上陸してきた米軍を迎え撃つことになってしまった。

絶対優勢な敵空軍の跳梁下、戦車と砲兵による集中攻撃をうけた戦車第二師団は、激戦につぐ激戦で、旅団長、連隊長以下、多数が壮烈な戦死をとげる状態であった。

小銃弾が一発当たったような負傷ならばともかく、戦車のなかで対戦車砲や爆弾によって受傷した者は、軍医として、もはや処置なしであったろう。

この先輩は、このような状況下にあって、軽戦車に搭乗し、連絡将校として、上級司令部との間を走りまわっていたという。

普通ならば、兵科の将校がする任務であるが、第一線の指揮官の補充で、もう連隊本部には兵科の将校がいなかったものと思われる。

敵M4中戦車の正面を貫徹する威力のない戦車砲をもった、わが九七式戦車二百両の師団が、米三コ師団（戦車四百両）上陸の二十年一月九日から、一ヵ月にわたって死闘したのであるから、そのすさまじさは言語に絶するものだろう。

この先輩もついに散華して、その死を確認した人もいない。

この昭和十八年九月卒業クラスの先輩は、ほとんど陸海軍の短期現役軍医を志願し、戦況上、フィリピンに配属された人が多く、戦死者をもっとも多くだしたクラスとなっている。

群馬県館林市の南部に、有名な分福茶釜がつたわる青竜山茂林寺という曹洞宗のお寺がある。山門をくぐると、左右に二十体あまりの狸の像が立ちならんでいるという愉快な寺だが、本堂の向かって左側に、戦車第二師団の工兵隊の戦没将兵の慰霊碑が立っている。

また、境内にはどういうわけか、米軍の古戦車が一台置かれている。私がここに詣でたとき、狸の顔に松田先輩の顔がダブって見えたといったら、先輩にたいして失礼であろうか。

女は度胸

ある前線の兵站病院で、軍医が、衛生下士官を助手に、赤十字の応召看護婦を器械助手にして、重傷の兵士の手術をしていた。ここまではよくある構図だが、つぎの瞬間、とんでもないハプニングが起こってしまったのだ。

突然、敵機の空襲がつたえられたのである。普通、こんな場合、一時、手術創を仮閉じして、患者を安全な場所にうつすのがルールである。ところが、そのときには、防空壕への避難の時間があればこそ、敵の機銃掃射音がちかづいてきていたのである。

軍医と下士官は、その瞬間、反射的に手術を放棄して、すばやく手術台の下へもぐり込んでしまった。こんなことはあってはならないと、教育はうけているはずであるが、人間の本能というべきであろう。

数分後、静寂がもどり、二人は立ち上がって患者の様子をおそるおそる見たのであるが、

その瞬間、ハッとなった。器械出しの看護婦が、患者の上におおいかぶさって、しっかりと抱きかかえながら、二人の方を見てニヤリと笑ったのである。

二人の男は、素直に彼女の度胸にたいして兜を脱いだことは申すまでもない。

普段、「女は愛敬で、男は度胸」などと、男は度胸を売りものにしているが、ほんとうの緊急非常のときには、かえって女性の方が度胸がすわっているのではないかと、この軍医は言っている。

衛生兵が患者をかばった話はたくさんあるが、ここでは、看護婦だったことが話のミソである。

私の曾祖父は、戊辰戦争で会津鶴ヶ城に籠城したのだが、おなじ城内に籠城した五百人あまりの婦女子の大部分は、やはり、傷病兵の看護と炊事に従事したといわれる。

一部、入城に遅れた婦女子が一隊をなし、薙刀を振って奮戦したことは、娘子軍「女白虎隊」の歌となってのこっており、有名であるが、籠城組も、毎日のように砲弾や銃丸が撃ち込まれるなかで平然と活躍し、弾丸の飛んでくるごとに首をすくめている男どものことを笑っていたというから、おそれいった話である。

また、前述の婦女薙刀隊の中心人物、中野竹子と優子姉妹の母孝子は、入城ののち、看護などの仕事についていたが、八月という暑い季節なので、負傷者の傷はすぐ化膿し、その手当をする孝子の両手も膿だらけであったという。

ところが、この膿だらけの手で、孝子はお握飯《むすび》を取り上げて食べようとしたので、同僚が、

「あまりひどいから、お洗いになったら」と申したところ、

「なに、膿などなんともなくなった」と、そのままの手で平気でお握飯をにぎって食べていたという。

葡萄球菌などの化膿菌を食べていたのであるから、医学的には、食中毒の状態となり、一～六時間後に嘔吐、腹痛、下痢などを起こすはずであるが、べつにそのような話はつたわっていないから、精神の異常に緊張した状態では、医学的常識を通り越していたのであろう。

それにしても、このような女の度胸というのはたいしたものである。

ついでに、もう一つ話をつけくわえよう。

会津藩では、多くの女性が男に後顧の憂いなく戦わせるために自刃し、その数は「会津殉難婦人名鑑」によると、二百三十三名となっている。

家老西郷頼母家で、妻千重子をはじめ、家族

の全女子九名が集団自刃したのは、そのもっとも大規模なものであったが、九歳の三女、四歳の四女、二歳の五女の三人のわが子を刺し、自身もまた刃に伏して斃れた千重子は、三十四歳の女丈夫で、こんな度胸は、男でも持っている人はすくないのではないだろうか。

なお、この人は、飯盛山で自刃した白虎隊士中二番隊の二十名中、ただ一人、奇蹟的に蘇生した飯沼貞吉の叔母にあたる人である。

風船爆弾と細菌弾

太平洋戦争で用いられた風船爆弾という新兵器は、太平洋上空を流れる強力なジェット気流に爆弾をつるした風船を乗せて、米本土を攻撃するという、奇想天外な発想で、なんとも日本的であり、なんとも風流な兵器である。

科学戦の時代に、和紙とコンニャク糊でつくり、風で飛ばすというのであるから、子供が遊ぶ凧とたいした変わりはない。物的資源に乏しい日本だから、こんな発想が生まれたのであろう。

しかし、反面、こんなお粗末な材料で、人的損耗もともなわず、驚異的能力を発揮する兵器もほかになかったといえよう。世界に日本人の頭脳の優秀性をしめすことにもなった。

この風船兵器が、女性だけの力で生産された点も、異色といわなければならないだろう。

日本劇場、東京宝塚劇場、国際劇場、国技館、有楽座などが秘密工場となり、女学生、百貨店の女店員、それに花街の女性までくわわって、貼り合わせ作業を行なったというが、らくな仕事ではなかっただろう。

一方、非人道的といわれる点をのぞけば、これと匹敵する大研究が細菌弾である。日本のような物的資源のない国では、ガラスの培養基さえあれば、容易に廉価でできる細菌弾は、鉄にまさるとも劣らない威力を発揮する強力な兵器である。

これは、満州のハルピン郊外の第七三一部隊（関東軍防疫給水部）で、石井四郎軍医中将以下が研究していた。その詳細については、森村誠一著『悪魔の飽食』など数種の著書があるので、ここでは詳述しない。

兵器というものを科学的に分類してみると、つぎのようになる。

物理的兵器——爆弾、砲弾、銃弾、火炎放射器など。

化学的兵器——毒ガス。

生物的兵器——細菌弾。

このうち、物理的兵器だけが人道的で、ほかは、非人道的であるという国際的定説は、理論的にはおかしい。物理的兵器だって本質はおなじで、非人道的であるはずだ。事実、原子爆弾という物理的兵器がのちに出てくると、これも非人道的の仲間入りをしている。

人道的な兵器などというものは、この世にあり得ないはずである。日本大本営でも、このような議論がなされたという。

さて、細菌弾であるが、これは熱に弱い。たいていの細菌は高熱で死滅するので、高熱を発する砲弾や普通の爆弾では、滅菌されて効果がなくなってしまう。

そこで考えられたのが、前記の風船爆弾の爆弾のかわりに細菌弾をつりさげて、アメリカ本土を攻撃するという方法である。二つの名案をくっつけた超名案にちがいない。

昭和十九年七月、東條英機大将が参謀総長を離任するにあたり、この細菌弾は人道的見地というより、アメリカ側の報復行為を恐れなければならないとして、厳禁したとつたえられている。

つぎの参謀総長になったのは梅津美治郎大将で、関東軍司令官であった人だから、関東軍防疫給水部での細菌戦研究の成果はよく承知している。風船細菌弾を用いるかいなか苦悩したことであろう。

風船の放球が成功し、いよいよ大津、一宮、勿来の三基地から攻撃開始となった十一月上旬、小磯総理大臣、杉山陸軍大臣とともに攻撃開始を天皇に奏上するとき、三人の戦争指導者たちは細菌弾は用いないことを決議している。

もしもこのとき、日本が細菌弾を使用していたら、どういうことになっただろうか。

また、戦後判明したことだが、アメリカ軍も硫黄島攻撃にあたって、毒ガスの使用を考えたが、やはり、日本側の報復を怖れてこれを中止している。

そのため、この作戦では、日本軍守備隊をうわまわる二万八千人の戦死傷をだすことになってしまったという。

八・一五事件の軍医

浜崎務先輩は、私が昭和十七年に教育をうけた東部第三部隊（近歩二）に、昭和十九年、軍医予備員あがりの見習士官として召集をうけ、二十年に軍医少尉に任官している。

奇しくも、私のいた第三中隊とおなじ建物の階下の第五中隊だったという。

しかし、おなじ建物の隣りの中隊といっても、第三中隊は第一大隊に属し、第五中隊は第二大隊に属している。

この連隊では、所属大隊がことなると、任務上いっしょのことはほとんどない。

それは、宮城御守衛の勤務が大隊単位でまわってくるからで、第三中隊と第五中隊がいっしょに宮城に入ることは、普通の状態では、絶対にないのであった。

しかし、空襲時など非常の場合は、増援のため複数の大隊が入ることがあった。

空襲警報発令と同時に、部隊から乾門を通って宮城内に入り、まっすぐ宮内省の前から坂を上がって、御殿の御車寄の前を通り、鉄橋をわたり、守衛隊司令部まで、約二キロを駆歩で行くのである。

兵隊は現役でかためていたので元気であるが、この軍医は年とった召集の身だから、これだけの駆け足にも息がつづかない。

自宅から、私物の自転車を持ち込み、空襲増援のときには、それに乗って守衛隊司令部に駆けつけていたというが、こんなことが黙認されていたのも軍医だからであろう。

昭和二十年八月にはいり、六日、広島、九日、長崎に原子爆弾が投下され、十三日には東京との情報がはいり、部隊は完全軍装で、牛込見付から市ヶ谷見付への外濠外に避難した。

しかし、これは虚報に終わり、つぎの十四日の夜にまた、営庭に完全軍装で集合がかかった。

前日の原爆空襲が空ぶりだったので、今度は本番かといぶかったが、なんの説明もなく、そのまま宮城内に向かって前進をはじめた。おや、これは原爆待避ではないらしい。

この日は、同連隊の第一大隊が御守衛にあたっていたが、空襲警報は出ていないし、なにか異例の理由で増援に入るのだな、と思ったという。

ところが、すでに第三大隊も増強警備にはいっており、芳賀連隊長以下近歩二全員で宮城を警備するかたちとなっていた。

これより先の五月二十五日、皇居が敵焼夷弾攻撃によって炎上したさいも、守衛上番は近歩二の第三大隊であったが、皇居被爆の報により、やはり軍旗を奉じて二連隊全員が宮城内に入り、消火の任にあたった。

　このとき、連隊では将校一、下士官一、兵九の計十一名が殉職している。戦場における戦死とおなじである。したがって、このようなとき、衛生部員も、戦場における隊包帯所に準ずるものを宮城内に設けていたのである。

　このときは、賢所裏の山里門付近で救護班として待機していると、いろいろな情報が、各中隊から来ている衛生兵を通じて入ってくる。

「下村宏情報局総裁が、守衛隊司令部に軟禁された」

「第一、第三大隊の兵が、玉音盤をさがしている」

「大本営参謀が、森近衛師団長を射殺した」

　これは、

「近衛師団は天皇陛下を奉持して徹底抗戦せよ」という師団命令を出すように迫った参謀らの言葉を、

「聖断ひとたび下った今日、陛下のご意志に反する行動は絶対ゆるさない。戦うも退くも、陛下の命によるのが近衛師団の本分である」と、聴き入れなかったためとわかった。

　近歩二だけが、午前二時にだされたニセ近衛師団命令で、軍旗を奉じて宮城内に孤立し、反乱軍のようになってしまった。討伐軍を迎えて

一戦だと、夜が白々と明けはじめるころ、実包（実弾）をくばりはじめた。

そもそも宮城内では、天皇に弾が当たってはおそれおおいので、鉄砲は発射できないことになっており、守衛隊の兵士たちは、普段、帯革に弾入れはつけていても、なかはカラで、一発も弾丸は持っていない。

こんな状態では、二・二六事件のときの反乱軍とおなじで、討伐軍の弾丸に当たって死ぬか、事件後、反乱軍将校として死刑になるか、いずれにしても、死を覚悟した。

一方、逃げられるものなら、逃げたいとも考えたというが、これは宮城内であるから、逃げられるわけはない。

陸軍刑法第五十七条によれば、

「上官の命令に反抗し、またはこれに服従せざる者は左の区分にしたがって処断す。
一、敵前なるときは死刑または無期、もしくは十年以上の禁錮に処す。
二、軍中または戒厳地境なるときは一年以上七年以下の禁錮に処す。
三、そのほかの場合なるときは二年以下の禁錮に処す」
いまの場合は、この条文の第一項に該当するのであろうか、第二項に該当するのであろうか。第三項ということはあるまい。また、つぎの条文も頭に浮かぶ。第四十九条である。

「衛兵、控兵、巡察、斥候そのほか警戒または伝令の勤務に服する者故《ゆえ》なく勤務の場所もしくは隊伍を離れたるときまたは到るべき場所に到らざるときは左の区分にしたがって処断す。
一、敵前なるときは死刑または無期、もしくは十年以上の禁錮。

二、軍中または戒厳地なるときは二年以下の禁錮。
三、そのほかの場合なるときは一年以下の禁錮」
こちらの方であっても、死刑か禁錮になってしまうことには変わりはない。

そのうち、芳賀豊次郎連隊長と田中静壺東部軍司令官が、乾門で会見するという情報がもたらされ、ほっと一息。正午の玉音放送は宮城内で聞き、守衛勤務を近歩一と交代し、午後三時に帰営した。

屯営に帰った後、第一大隊長と第三大隊長は自決をはかったが果たさなかった。芳賀連隊長は責任を問われて免官させられ、部隊全員は謹慎を命じられただけで事件は一件落着となった。

終戦のどさくさでなかったら、やはり軍医といえども反乱軍将校の一人として、二・二六事件なみの刑をうけたのではないだろうかと、この軍医は述懐している。

中国残留軍医

終戦時に、中国に残留した日本人孤児が、訪日したり、帰国したりして話題となっているが、孤児ならぬ立派な将校である軍医が、中国に残留してしまった話である。

それは私の学生時代、眼科学を教わった鳥居習吉助教授である。この人は、じつは陸軍の兵科将官の御令息で、身体が大きくて、近視でなかったら、士官学校に進学したのではないかと思われる、気っぷのいい先生であった。なにしろ、身長が百五十センチに満たないほどであったから、徴兵検査は丙種合格で、国民兵役にあったものと思われる。

もっとも、階段教室の底で講義をしていた先生を、私たちは上から眺めていたのであるから、よけいに小さく見えたのかも知れない。

鳥居先生が応召されたのが、昭和十九年の三月ごろで、もちろん軍医予備員としてであった。ちっちゃな身体に、長い軍刀をつって出征した姿が、私のマブタにのこっている。

その後、なんでも、中支方面で元気に活躍していると、軍事郵便で眼科教室に知らせてきたというが、私は軍医学校に入っていたので知らなかった。

終戦後しばらくしても、鳥居先生が復員されたという話は聞かれなかった。

眼科の先生に聞いても、まったく梨のつぶてとのことであった。

そのうち、つぎのような事実が、復員してきた鳥居先生の戦友の口から聞かれたのである。

鳥居軍医が勤務していたのは、中支湖北省江陵県の沙市というところで、漢口の西、直線距離二百キロの揚子江北岸の都市である。沙市は沙頭または荊沙ともよばれ、小漢口の異名を持ち、人口は五万ぐらいであった。

なんと、日清戦争の下関条約によって、明治二十九年に開港させられた港であるから、日本とは縁がふかい。

このへんで、揚子江の河幅は二～三キロ、米の産地で、景勝の地でもあるらしい。ここの東の郊外に、千年以上の歴史を有するといわれる魔王廟（望江楼）の古塔が屹立していることでも有名だ。沙市は日本軍によって、昭和十五年以来、占領されていた。

ここで終戦を迎えた鳥居軍医に、中国の某高官から目の診療依頼が持ち込まれた。敗戦国の軍医として、拒否するわけにはいかない。どんな病気だったのか、詳細は不明であるが、これが鳥居軍医の懸命な努力でころりとなおってしまった。

医学水準の高い日本の医師であるから、当然の結果で、ここまでは中国で終戦を迎えた多くの軍医が体験した、よくある話である。

ところで、この高官は、鳥居軍医を手離すのが惜しくなり、いろいろと条件を持ち出して、口説いたり、脅したりしたのであろう、とうとう鳥居軍医は残留させられてしまったのである。

条件の中には高給の話もあったろうし、美人の現地妻を世話するという話もふくまれていたと思われる。事実、そうなって残留することを帰国する戦友に托して、留守宅へ知らせたのであった。鳥居軍医には、日本に妻子がいたが、その後、ついに沙市で亡くなって、ふたたび日本の土を踏むことはなかった。

また、私の中学の同級生の前川博保君も、終戦時、満州医大に在学中だったが、終戦後、中共軍に軍医として留用され、どこで散ったか、果てたのか、帰国していない。

軍医のみならず、そのほかいろいろな技術者も、中国ではたりなかったので、おなじような運命にあった人は非常に多いと聞いている。中国本土だけでなく、蔣介石とともに台湾にわたった国府軍のなかにも、そのような日本人がすくなからずいたようである。

戦争による一悲劇とはいえ、まことに気の毒な話である。

文庫版のあとがき

イラスト・エッセイシリーズの一冊として、本書が出たのはちょうど十年前であった。その後の十年の間に、毒ガス事件が起きたし、阪神大震災では野戦救護とまったく同様の場面が出現したりした。「治にいて乱を忘れず」とはけだし名言である。

先ごろ、東京都から医師会を通じて、トリアージ・タッグという荷札のようなものが配布された。災害発生時を予想して、トリアージの勉強をして置くようにとのことであった。トリアージとは元来、フランスの繊維商人が羊毛の品質をクラスに仕分けする際に用いられた言葉だそうだが、ナポレオン時代に軍医が戦場で傷病者を重症、中等症、軽症に三区分するのに使われるようになった。

もちろん日本陸軍でも、トリアージという言葉は用いなかったが、野戦病院で発着部の軍医が負傷者をそのように区分していた。その後、平時の救急や災害の現場でもこれを用いるようになったらしい。

軍医の教育では、臨床医学より予防医学（軍陣衛生学、軍陣防疫学）に重点が置かれた。三つ子の魂百までで、このことはその後ずっと私の胸のうち深く潜んでいるようだ。

戦後私は眼科学を専攻したが、色覚の研究から、日本工業規格の安全色彩に手を延ばし、藍綬褒章を頂戴した。また病院長になったときには、病院全体に禁煙令を出して、職員、患者の双方から顰蹙を買ったりした。十年前にはまだ禁煙が世論のコンセンサスを得ていなかったのである。いまでも海外旅行に行くときは、その地方の衛生状態、風土病など衛生地誌をあらかじめ調査し、必要ならば防蚊用品、パック入りの飲料水などを用意することにしている。

陸軍軍医学校の同窓会は緑会といって、年一回会合している。私どもは乙種学生二十六期生として、いつまでたっても最後尾の、いやもっとも若い期として出席している。このときに聞く先輩たちの実戦経験談は、まことに有益な、興味深いものが多い。読者諸氏に披露したいのであるが、次の機会に譲らなくてはならないのは残念である。

著者

単行本　昭和六十三年三月　光人社刊

NF文庫

軍医サンよもやま物語 新装版

二〇一六年三月 十八 日 印刷
二〇一六年三月二十四日 発行

著 者 関 亮
発行者 高城直一
発行所 株式会社潮書房光人社
〒102-0073 東京都千代田区九段北一-九-十一
振替/〇〇一七〇-六-五四六九三
電話/〇三-三二六五-一八六四(代)
印刷所 慶昌堂印刷株式会社
製本所 東 京 美 術 紙 工
定価はカバーに表示してあります
乱丁・落丁のものはお取りかえ
致します。本文は中性紙を使用

ISBN978-4-7698-2939-3 C0195
http://www.kojinsha.co.jp

ＮＦ文庫

刊行のことば

第二次世界大戦の戦火が熄《や》んで五〇年――その間、小社は夥しい数の戦争の記録を渉猟し、発掘し、常に公正なる立場を貫いて書誌とし、大方の絶讃を博して今日に及ぶが、その源は、散華された世代への熱き思い入れであり、同時に、その記録を誌して平和の礎とし、後世に伝えんとするにある。

小社の出版物は、戦記、伝記、文学、エッセイ、写真集、その他、すでに一、〇〇〇点を越え、加えて戦後五〇年になんなんとするを契機として、「光人社ＮＦ（ノンフィクション）文庫」を創刊して、読者諸賢の熱烈要望におこたえする次第である。人生のバイブルとして、心弱きときの活性の糧《かて》として、散華の世代からの感動の肉声に、あなたもぜひ、耳を傾けて下さい。